いとしい背中

御堂なな子

幻冬舎ルチル文庫

CONTENTS ✦目次✦

✦いとしい背中

✦イラスト・麻々原絵里依

✦カバーデザイン＝吉野知栄(CoCo.Design)
✦ブックデザイン＝まるか工房

いとしい背中

1

（そっくり、だ）

名生《なお》は彼の背中を見つめたまま動けなくなった。

逞《たくま》しく張り出した肩幅に、薄いシャツから透ける、なだらかな筋肉の隆起。記憶の中の父親の背中と、彼のそれが、ぴったりと重なって見える。忘れてしまった父親の温《ぬく》もりまで思い出せそうで、ぼうっと立ち尽くしたまま見入ってしまう。

（お父さん）

抗えない何かに引き寄せられるように、名生は右手の指を伸ばした。

父親にそっくりなその背中に、触りたい。小さい頃のように甘えてみたい。抱きつきたい。

（駄目だ――。俺は、何を）

これまでは魅力的な背中に出会っても、ただ見ているだけだったのに。触れたいと思ったのは彼の背中が初めてだった。

彼だけ特別なんて、こんなことを考えるのは変だと思う。重症の背中フェチの弊害だ。それはよく分かっている。でも、一度湧いた衝動は、なかなか去ってくれなかった。

◇

白いリノリウムの床を、スニーカーの足が何かに急《せ》き立てられるように駆けていく。斜め掛けのバッグを揺らす速水《はやみ》名生の背中に、看護師の怒った声が降りかかった。

「ちょっとあなた、廊下を走らないでください！　ここは病院ですよっ」

「す、すみませんっ！」

必死でブレーキをかけても、子供の頃から駆けっこだけは速かった両足は、簡単には止まらない。転がるようにエレベーターに乗り込んで、名生は受付で教えられたばかりの、外科病棟五階のボタンを押した。

「はあっ、はあっ…っ！」

ほんの一時間前に成田空港で飛行機を降りた身には、上野のスカイライナーの駅からこの病院までの全速力はかなりきつい。時差のせいで眩暈《めまい》がする両目をごしごし擦《こす》ってから、名生は扉をこじ開けるようにして、エレベーターを降りた。

（508、速水昌一《しょういち》、どの部屋だっ、508、508っ）

点滴をつけたまま患者が歩くフロアを、焦る気持ちで508の病室を探して回る。やっとその部屋を探し当てて、名生は息を整えてから、震える手でドアを開けた。

「じいちゃん……っ！」

個室のベッドの上に、ピッ、ピッ、と音が鳴る計器に繋《つな》がれて、名生の祖父が横になっている。祖父の顔を見るのは、高校を卒業してイタリアに留学してから、約二年ぶりだ。最後に見た時よりも、皺《しわ》が増えた青白い祖父の頬《ほお》が、名生の姿を見つけてびっくりしたように波打った。

「名生――。どうしたんだ」

「どうしたんだ、じゃないよっ。芳子《よしこ》おばちゃんから、じいちゃんが倒れたって電話もらって、俺…っ」

「お前、私のためにわざわざミラノから帰ってきたのか？」

「うん…っ。じいちゃんのことが、心配で……！　すぐにチケット取って、飛行機に乗ったんだ」

「――一人前になるまで、帰っちゃいかんと言ったのに。仕方がない奴め」

ほっほっ、と息を切るように笑った祖父の顔は、少し嬉《うれ》しそうだった。

「おばちゃんが、緊急手術をしたって言ってた。じいちゃんは今まで風邪一つひかなかったのに、大丈夫なの？　じいちゃん、じいちゃん……」

「落ち着きなさい。胃の腫瘍《しゅよう》をちょっと取ってもらっただけだ。心配はいらん」

「ちょっとって――腫瘍って、怖い病気じゃないか。何で今まで分からなかったの…っ」

「検査では見つけづらい場所に進行していたらしい。倒れはしたが、今はもう大丈夫だ。悪いところは全部取り除いてもらったからな、じきに退院できる」

「ほ、本当……っ？」

「ああ」

そう言って頷《うなず》く祖父を見て、名生は一気に全身の力を抜いた。一六〇センチ台の小柄な体を、崩れるように床に投げ出して、はああっ、と大きな息を吐く。茶色がかった髪は汗で湿って、学校ではわりと人気のあるかわいい丸顔も、今は心配と疲れでひどい状態だった。

イタリアからの長いフライトの間じゅう、祖父にもしものことがあったら、と、気が気じゃなかった。両親のいない名生にとっては、祖父は大切な大切な家族だから。

「すまないな、名生。心配をかけて」

「――ううん。俺のことは気にしないで。じいちゃんは早く体を治すことだけ考えて」

「ありがとう。向こうの学校はどうだ？　ちゃんと修行に励んでいるのか？」

「学校は真面目《まじめ》に行ってるよ。毎日課題の量はすごいし、俺より才能ある奴がいっぱいいるけど、授業は楽しい」

「そうか」

膝立ちでベッドを覗《のぞ》き込んだ名生の頰を、祖父の右手が撫《な》でる。そのたどたどしい指の動きを感じて、名生は泣きたくなった。

祖父の指は、テーラーの神様と呼ばれる唯一無二の指だ。銀座に小さな紳士服店を開いて五十年、職人気質《かたぎ》の仕立て屋として、お得意様を相手にスーツを作ってきた。ボタンのつけ方も、裾上《すそあ》げの仕方も、何でも名生に教えてくれた祖父の指が、こんなに細く、頼りなくなってしまったなんて。

「じいちゃん、起きてるとまた具合が悪くなるよ。寝ていて。お願い」

「……ああ。その前に、名生に頼みたいことがある」

「何？　何でも言って」

「じいちゃんの店から、お客様のオーダー表と名簿を取ってきて保管しておいてほしい。盗難にでも遭って、お客様の大切な情報が洩《も》れてはいかん。これぱかりは、金庫の番号を知っているお前にしか頼めんからな」

客のプライバシーが詰まったオーダー表と名簿は、テーラーにとって一番の財産だ。それらは厳重に管理されていて、保管場所の金庫を開けられるのは、家族でも祖父と名生しかいない。

「分かった。すぐに行って、取ってくる」

名生は祖父を安心させるように、にっこりと微笑《ほほえ》んでから、立ち上がった。

乾燥した銀座のビル風に髪を乱しながら、名生は重たいガラスのドアを開けた。しん、と静まり返った空気と、どこか威厳を感じる一枚板の古いカウンター。たった二年の間訪れなかっただけなのに、名生は懐かしくなって、誰もいない店内を見渡した。

「――変わらないな。この店の古臭さは、昔から」

小さな紳士服店『テーラー・ハヤミ』は、銀座の目抜き通りから路地を一本入ったところにある。名生が子供の頃は何軒か同業の店が軒《のき》を連ねていたけれど、今も続いているのは、ここだけだ。

この国が高度経済成長期を迎えていた頃、祖父の腕前を聞きつけて、企業の社長や政治家たちが足繁く来店したらしい。でも、バブルが弾《はじ》けて以降、半年待ちがざらだった注文はどんどん減少していって、ステイタスのある客たちも、オーダーメイドから既製品へと消費意欲を変化させていった。

服を仕立てるのは贅沢《ぜいたく》な嗜《たしな》みで、お金も時間もかかる。同じお金を出すなら、個人のテーラーよりブランド物を買った方がいいと思う人が多いのは事実だ。でも――。

「『仕立て屋には仕立て屋の良さがあるんだよ』、だったよね、じいちゃん」

祖父の口癖を真似《まね》て、名生は小さく呟《つぶや》いてみた。自分のことを愛着を持って『仕立て屋』

と呼ぶのは、祖父の癖だ。

平面な一枚の生地から、人の体を包む立体的な服を作り上げるテーラーの技。祖父はとても実直で職人魂《だましい》の塊《かたまり》のような人だ。祖父がいない店先のカウンターは、まるで火が消えたように静かで、一人で立っていると心細い。

作業部屋のある店の奥へと入ってみると、床にはテーラーの七つ道具のメジャーや鋏《はさみ》が散らばっている。祖父が倒れた日のまま、まるでこの店の中だけ時間が止まっているように見えて、名生は声が出なくなった。

(倒れる直前まで、ここで仕事をしていたんだ)

祖父の愛用の道具を拾って、作業台の上の物入れにそっと戻す。今度いつ、祖父はここに戻ってくることができるだろう。

(——とりあえず、今は考えるのよそう。じいちゃんに使いを頼まれたんだった)

名生は作業部屋の壁に作りつけられた小扉を開けて、金庫の暗証番号を押した。中にあったオーダー表と名簿を、大事に手に取る。

採寸や生地選び、縫い方にいたるまで、客との対話を大事にするビスポークの服作りは、デリケートな情報もやり取りする。万が一部外者に知られでもしたら、店の信用を失ってしまうくらい、大切なものだ。

ファイルの表紙には、向こう半年分のオーダーを書いたカレンダーが貼ってあった。祖父の入院はまだ長引くかもしれない。直近のオーダーがないことにほっとしたのも束《つか》の間《ま》、空白の多いカレンダーを見て、名生は愕然《がくぜん》とした。

（じいちゃん……、この店、大丈夫なの……？）

店が昔ほど繁盛していないことは、名生も知っていた。でも、祖父の腕前でなんとか切り盛りできると思っていた。このすかすかのオーダーの状況で、銀座という土地柄で店を維持していくのがどれほど大変なことか、まだ学生の名生の頭でも分かる。

「くそっ」

名生は店じゅうの窓を開けて、重たく暗くなった空気を入れ替えた。一人で考え込むだけでは何も始まらない。せめて手と足は動かそうと、ちらかっている作業部屋の掃除をする。

すると、不意に店先のドアが開いた。

「——ごめんください」

男の人の声だ。表にクローズの看板を出していなかったから、客が来たんだろう。名生は床を掃いていた箒《ほうき》を置いて、慌ててカウンターへと走っていった。

「は、はいっ、いらっしゃいま……せ」

名生の瞳が、ドアの前に立っていたその客に釘づけになる。

洒落《しゃれ》たダブルディンプルに締めたネクタイに、襟《えり》の合わせの位置が少し高い、イタリアン・クラシコと呼ばれるスタイルのスーツ。余裕のある上着の丈が、その客の長い足に最適のバランスで調節されている。名生より二回りは逞しい体を、柔らかく包み込んだそのスーツは、一目でテーラーが仕立てたと分かる一級品だ。

（すごい。淡色系のイタリアン・クラシコを、日本人でこんなにうまく着こなせる人、めったにいないよ）

人の顔より、着ている服にまず目が行ってしまうのは、名生の悪い癖だ。なまじ仕立ての優劣や生地の価値が分かる目利きなせいもあって、ついついカウンターの向こうの客を凝視してしまう。

「――君は？」

名生と同じように、その客も名生のことを見つめている。静かに向けられた彼の眼差《まなざ》しが、思わずたじろいでしまうほどまっすぐだ。

「あ…っ、すみません。今日は店を閉めていまして、じいちゃ――祖父に御用でしたら、自分が伺います」

「祖父？」

「はい」

名生が頷くと、はっとしたように、客の黒い瞳が丸くなった。

「君はテーラーの速水さんのお孫さんなのか？」

「はい」

き込んだ。

「もう二十歳なのか……、そうか」

客はそう言うと、一人で何かを納得したように頷いて、名生の顔をいっそうまじまじと覗き込んだ。

祖父のお得意様にしては、彼のルックスはとても若々しい。一八〇センチは軽く超えている長身と、少し癖のある黒い髪。鋭い角度で切れ上がった瞳は、童顔の名生よりもずっと完成された男らしさを醸し出している。

留学先のイタリア風に言えば、ベリッシモな美丈夫《びじょうふ》だ。彼のように顔もスタイルも完璧な男は、名生が暮らしているファッションの街、ミラノでもちょっといない。

「君が店番をしているということは、速水さんは留守なのか？」

「はい。あの、祖父は先日、入院したんです」

「え…っ？　知らなかった。ご容体は？」

「手術をして、今は落ち着いています。自分もまだ詳しいことは把握していなくて。すみません」

「いや、こちらこそ不躾《ぶしつけ》な質問ですまなかった。速水さんは一人で仕事をされていたようだったし、入院とは大変だったたね」

「お気遣いありがとうございます」

彼の瞳に憂いが広がり、祖父のことを心配してくれているのが分かる。初めて会った彼のことを、名生はとても優しい人だと思った。

（年齢は三十過ぎくらいかな。仕事は何をしている人なんだろう。普通の会社員とは、ちょっと違う気がする）

銀座には颯爽《さっそう》としたビジネスマンがたくさんいるけれど、彼のスーツの着こなしといい、全身から漂う堂々としたオーラといい、きっと只者《ただもの》じゃない。

すると、名生のしげしげ見ている視線に気づいた彼が、苦笑しながら名乗ってくれた。

「俺は紀藤《きとう》という者だ。君のお祖父様《じいさま》の仕立てのファンだよ」

「祖父が聞いたら喜びます。自分はテーラー見習いの速水名生といいます。よろしくお願いします」

「見習い？」

「はい。今はミラノの服飾学校で、主に紳士服の仕立てを勉強しているんです」

「修行中の身か。今日は新しいスーツを誂《あつら》えに予約を入れていたんだが、見習いの君では仕方ない。速水さんの退院を待って、また次の機会にしよう」

じゃあ、と片手を挙げて、紀藤は革靴の踵《きびす》を返した。彼の上着の裾が柔らかに翻《ひるがえ》り、生地の上質な光沢が店の明かりの下で露《あら》わになる。

「あ……っ」

逞しい肩幅と、そこから続く広い背中。そのなだらかで見事なラインに、一瞬、名生は見《み》惚《と》れた。

（理想的な背中だ――）

学校の友達が名づけてくれた不名誉な綽名《あだな》、『背中フェチ』がうずうずする。名生はたくさんある人体のパーツの中で、背中が一番好きだ。この店や学校で、今まで数え切れないほど人の背中を見てきた名生には、紀藤のそれが芸術品に見える。

授業で使うマネキンでは絶対に出すことができない、血の通った人間の持つ完璧な造形。上着に覆われた筋肉の起伏が、躍動感に溢《あふ》れていて雄々《おお》しく、それでいてなめらかで美しい。

紀藤の背中に魅《み》せられて、名生はふらふらとカウンターを出た。

「紀藤さん…っ、待ってくださいっ」

店を出ようとしていた紀藤は、名生の声に振り返った。

「何か？」

「あのっ、お願いがあるんです。俺に紀藤さんのオーダーのお手伝いをさせてもらえませんか？」

背中フェチの暴挙だ。どうして自分が、咄嗟《とっさ》にそんなことを言ったのか分からない。見習いテーラーが客のスーツを仕立てることはできないというのに。

ただ、このまま紀藤を帰してはいけないと思った。理想的な造形をした彼の背中が、おとなしい性格のはずの名生を大胆にさせる。

「俺はまだ学生ですが、子供の頃から祖父に教えられて、テーラーの基礎は身につけています。祖父がこの店に戻るまで、俺を使ってください」

「君……」

「もちろん、生地選びやカウンセリングは何度利用してもらっても料金はかかりません。俺ではお気に召さないようだったら、あらためて祖父とご相談いただいて結構です。お願いします！」

姿勢を正して、名生は深く頭を下げた。紀藤を引き留めたい一心だった。

名生の勢いに圧《お》されたように、紀藤は無言で立っている。名生にとっては長い沈黙が流れた後で、彼はようやく口を開いた。

「分かった。君の熱意を買おう」

「……紀藤さん……、ほ、本当ですか？」

「速水さんの退院を待つつもりだったが、なかなかおもしろい展開だ。君のビスポークを体験してみよう」

紀藤はそう言って、にやりと微笑んだ。意地の悪い笑い方ではなく、いたずらを企《たくら》んだ子供のような、楽しそうな顔をしている。名生は嬉しくなって、思わず彼の両手を取った。

「ありがとうございます！　早速、今回のお仕立てについて詳しいお話を聞かせてください」

紀藤の大きな手と握手をしてから、名生は彼を作業部屋のソファへと案内した。

仕立てのオーダーを受ける時は、どんな用途で使う服か、デザインや色の好み、使用する生地の希望を、客との対話の中から聞き出す。このビスポークの作業を怠ると、客が本当に求める服を作ることはできないと、祖父は口を酸っぱくして言っていた。

「今回誂えていただくスーツは、お仕事用ですか？」

「ああ。仕事柄、人の前に出る機会が多くてね。ハッタリの利く上質なものを求めている」

「ハッタリ、ですか」

とてもおもしろいことを言う人だ。率直というか、裏表がなさそうで気持ちいい。

(顔もいいし、スタイルもすごくいい。モデルだって言われても納得しちゃうな)

紀藤のような人に、自分が作った服を着てもらえたら、どんなに幸せだろう。テーラー心を刺激されて、名生の胸の奥が勝手にどきどきし始める。

「俺は王道のブリティッシュより、着心地のいいイタリアンの仕立てが好みなんだ。今回もそれを前提にデザインを考えたい」

「はい」

紀藤が話してくれたことを、名生は一言も聞き漏《も》らさないようにして、メモ帳に書き込んだ。祖父が退院した時に、この情報をちゃんと伝えるためだ。

紀藤のリクエストを聞きながら、どんなスーツを作るか、デザインを具体的に起こしていく。祖父に教えられた知識と、学校で勉強していることがとても役に立った。

「お仕事用のスーツは、動きやすいシングルの二つボタンか三つボタン、ダブルの四つボタンがお勧めです」

「ウェストコートや小物のバリエーションを考えると、三つボタンにすべきだろうな。定番のスタイルだが、適度な華やかさは必要だ」

「えっと……でしたら、イタリアン・クラシコからは少し外れますけど、ウェストラインを今紀藤さんが着ているスーツより絞る形にすれば、エレガントになりますよ」

スケッチブックに、スッ、スッ、と鉛筆でデザイン画を描いて、紀藤にも分かりやすく説明する。上着のウェストを自然に保つのがイタリアンの基本だけれど、彼のめりはりのある体型をさらに綺麗《きれい》に演出するなら、腰のラインに沿ってシェイプした方が絶対にいい。テーラーの仕立ては、既製品にない自由さが売りだ。

「上着はこういう感じです。どうですか？　スラックスはワンタックを合わせると、バランスがちょうどいいと思います」

「――うん、君の説明は明瞭《めいりょう》だな。それではオーダーは、このデザイン画の通りに決定させてもらおう」

「ありがとうございますっ。祖父に伝えておきますね」

「よろしく頼むよ。君の留学先はミラノだと言ったな。服飾の最先端の街の一つだ。そこで鍛えられて、君は将来、いいテーラーになるだろう」

紀藤は名生を見つめて、眩《まぶ》しそうに瞳を細めた。立派な身なりをした彼にそんなことを言われると、面映《おもは》ゆい。

（紀藤さんのオーダーを、自分で引き受けられないのが残念だな。紀藤さんみたいな立派な人の服を作れるテーラーは、すごく幸せだと思う）

あらためて、自分がまだ祖父にはまったく敵《かな》わない半人前だと思い知る。でも、いつかはあの腕前に追いついて、紀藤のオーダーを堂々と受けられるようになりたい。

「君はお祖父様の影響でテーラーを目指すようになったのか？」

「はい。祖父は俺の目標です。一人前になれるまで、どれくらいかかるか分かりませんけど」

「速水さんは、日本のテーラー界の神様と言われている人だ。大き過ぎる目標だな」

「祖父の仕立てる服は、俺の憧れなんです。医者の聴診器みたいに、いつもメジャーを首にかけて仕事をしている祖父は、すごく格好よくて。俺にとっては一番の師匠で、とても大切な家族です」

早く祖父に、この店に帰ってきてほしい。祖父がいつもそばにいてくれたから、名生は両親がいなくても何とか今までやってこられた。

母親は名生が生まれてすぐに病気で亡くなり、それから何年かして、父親も事故に遭って亡くなった。写真の中の両親はいつも微笑んでいるけれど、親子の思い出はほとんどない。

名生がはっきりと覚えているのは、白いワイシャツを着た父親の背中だけ。大きくて分厚いそれに、幼い名生はいつもじゃれついて、おんぶをしてもらって甘えていた。名生が背中フェチになった原因も、きっとそこにあるに違いない。

（お父さんの背中だけは、いくらじいちゃんでも敵わないんだ）

ワイシャツのよく似合う、大人の男の雄々しさの象徴のような父親の背中。たった一つだけ残ったその記憶を、名生は誰にも言わずに大事に胸にしまっている。父親を慕う気持ちを、もし正直に打ち明けたら、祖父が寂しがると思ったからだ。

（――じいちゃんには言えない。俺がテーラーになりたい本当の理由が、お父さんのためだってことは）

祖父と父親が不仲だったことを、名生は随分後になってから知った。二人の間に何があったのかは知らない。不仲のまま亡くなったことを気にしているのか、祖父が父親の話をすることもめったになかった。

（でも、顔を覚えていなくても、俺はやっぱり、お父さんのことが好きなんだ）

ファザコンだと笑われてもかまわない。父親が生きていたら、自分が仕立てたスーツをプレゼントしてあげたかった。毎日それを着て、仕事に出かけていく父親に、手を振って『行ってらっしゃい』と言ってみたかった。

とてもささやかで、でもけして叶《かな》うことのない名生の夢。名生は、きゅっと唇を噤《つぐ》んで、切ない想いをやり過ごした。

「速水さんも、君のような弟子がいて喜んでいるだろう」

追憶に包まれていた名生の耳に、紀藤の優しい声が響く。名生は小さく微笑んではにかんだ。

「テーラーはたくさんいても、自分が満足できる職人と出会うのは難しい。以前速水さんに仕立ててもらったスーツは、今でもワードローブの一番いいところに収めてあるよ」

「そのお話、祖父に聞かせてもいいですか？　きっと元気になると思います」

「ああ」

「あっ、そうだ。紀藤さんの型紙を祖父が保管しているはずです。ちょっと待っていてください」

名生は、たくさん並んだ棚の一角から紀藤の型紙を探し出して、作業台の上に並べてみた。袖や身頃、型紙の一枚一枚に、祖父がそれを作った時の年月日が書いてある。

（――一九九九年。随分前だ。オーダーに長いブランクがあるのかな）

もっと新しい型紙を探してみても、何故《なぜ》かどこにも見つからなかった。今から十五年も前の型紙は参考にならない。紀藤の身長や体型は、当時と変わっているだろう。

「すみません、古い型紙しかないみたいで……。これでは型紙作りの他に、採寸もやり直しになります。かまいませんか?」

「ああ、かまわない。正直な話、俺は高校を出てからずっとパリに住んでいて、速水さんにオーダーをするのは久しぶりなんだ」

「そうだったんですか。パリは俺の友達も住んでいます。たまに遊びに行きますよ」

「じゃあついでに、俺のアパルトマンにも立ち寄るといい。二十歳の君をワインとチーズで歓迎するよ」

紀藤はそう言うと、鋭角的な目元をくしゃりと緩めた。社交辞令のはずの彼の言葉が、気さくな笑顔のせいで本当の招待に聞こえる。

「ありがとうございます。あの、採寸はどうされますか。後日にした方がいいですか?」

「君がやってくれるんだろう? できれば今、お願いしたい。あまり来店する時間が取れないんだ」

「分かりました。では、上着とウェストコートをお預かりします」

紀藤はソファから立ち上がって、慣れた仕草で上着のボタンを外した。ワイシャツ一枚の姿になった彼は、胸板の厚い綺麗な逆三角形の体型をしている。小柄で痩《や》せている名生からすれば、羨《うらや》ましくてたまらない体型だ。紀藤ならきっと、どんな服を着せても似合うだろう。

名生は彼が脱いだものを丁寧にハンガーにかけると、自分のバッグの中から、いつも持ち歩いているメジャーを取り出した。目の前の作業台には祖父のメジャーがあるけれど、神様の道具を名生が使う訳にはいかない。

「それでは採寸を始めます。肩の力を抜いて立っていてくださいね」

「よろしく、名生テーラー」

「やめてください…っ、恥ずかしいですっ」

「はは。君は反応が素直でかわいいな」

突然かわいいと言われて、名生はびっくりした。鳩《はと》が面食らったような顔を、紀藤は笑ってからかっている。

「え、えっと、じゃあ、失礼しますっ」

名生は呼吸を整えると、紀藤の後ろに回って、ワイシャツの皺やたるみがないか確かめようとした。

「っ…」

名生の視界を埋める、姿勢よく伸びた紀藤の背中。吸い込んだはずの息が、は…、と名生の唇から漏れ出していく。

（そっくり、だ）

名生は彼の背中を見つめたまま動けなくなった。

逞しく張り出した肩幅に、薄いシャツから透ける、なだらかな筋肉の隆起。記憶の中の父親の背中と、彼のそれが、ぴったりと重なって見える。忘れてしまった父親の温もりまで思い出せそうで、ぼうっと立ち尽くしたまま見入ってしまう。

(お父さん)

抗えない何かに引き寄せられるように、名生は右手の指を伸ばした。

父親にそっくりなその背中に、触りたい。小さい頃のように甘えてみたい。抱きつきたい。

(駄目だ――。俺は、何を)

これまでは魅力的な背中に出会っても、ただ見ているだけだったのに。触れたいと思ったのは紀藤の背中が初めてだった。

彼だけ特別なんて、こんなことを考えるのは変だと思う。重症の背中フェチの弊害だ。それはよく分かっている。でも、一度湧いた衝動は、なかなか去ってくれなかった。

(紀藤さんのような人がいるなんて。奇跡みたいだ……っ)

糊《のり》の利いた白いワイシャツが眩しい。香水だろうか、彼からとてもいい匂いがする。紀藤は父親とは違う他人で、客なのに、名生はどうしようもなく彼の背中に惹《ひ》かれた。

「どうかしたのか?」

紀藤が不思議そうな顔をして、背後を気にしている。名生は伸ばした右手を引っ込めて、やっと我に返った。

「何でもありませんっ。で、では、上胴から採寸させていただきますっ」

どきどき、心臓の鼓動が伝わったように、長く垂れたメジャーの先が揺れている。名生は顔を赤くしながら、もう一度紀藤の前に回った。

メジャーを水平にして、乳頭、脇下、肩甲骨の三点を通るように線で結ぶ。祖父に習った時よりも、学校の授業でする時よりもずっと丁寧に、名生は紀藤の採寸をした。そうしているうちに鼓動は静かになって、メジャーを操る音とメモを取る音だけが、作業部屋に響いた。

2

「じいちゃん、今日は具合どう？」

「……ああ。よくは、ない」

病室のドアを後ろ手に閉めた名生は、しゃがれた声を聞いて、曖昧《あいまい》に笑った。祖父は何も言わないけれど、名生がいると安心するのか、昨日よりも表情が柔らかだ。

「店に置いていたオーダー表と名簿、芳子おばちゃんに言って、銀行の貸金庫に入れてもらったよ。安心して」

「ありがとう。手を煩《わずら》わせたな」

「ううん。じいちゃんの心配事、これで一つ減っただろ？」

「ああ」

「よかった。顔、拭こうか。お風呂に入れなくて気持ち悪いよね」

名生は病室にあった洗面器にお湯を汲《く》んできて、タオルを浸した。そっと祖父の頬や額《ひたい》を拭《ぬぐ》って、汗を取ってやる。気持ちよさそうにしている祖父を見ていると、名生も嬉しかった。

「……この歳《とし》で孫の世話になるとは。情けない話だな」

「何言ってんの。がんばり過ぎて倒れるなんて、じいちゃんらしくて笑えないよ。店のことは俺に任せて」

「半人前が偉そうに」

「俺だって接客ぐらいできるよ。そう言えば昨日、紀藤さんっていうお客さんが来たんだ。予約を入れてくれてたみたい」

「紀藤さんが――。入院の連絡もできずに、申し訳ないことをしてしまった。紀藤さんは親子二代でうちを贔屓《ひいき》にしてくれている、大事なお得意様だ。失礼はなかったか？」

「大丈夫だって。昨日はスーツのデザインの相談と、採寸をしたよ」

「お前が採寸を？　この馬鹿者。もし手違いでもあったらどうするんだ」

「ごめん。お客さんを逃《のが》しちゃいけないと思ったから。紀藤さん、じいちゃんが仕事に復帰するのを待ってるって。お大事に、って言ってたよ」

「紀藤さんに改めてご挨拶をせねば。お前を放っておいたら、碌《ろく》なことをせん。病気なんぞで寝ている場合じゃないな」

怒った顔をしながら、祖父が鼻息を荒くしている。気力を回復して元気になってくれるのなら、名生は自分がいくら叱《しか》られてもかまわなかった。

「その意気その意気。お湯、替えてくるね」

タオルと洗面器を持って、病室を出る。外の廊下に出た途端に、名生の肩から力が抜けた。祖父のことが心配でたまらないから、明るく振る舞うのは結構つらい。

（しっかりしなきゃ。じいちゃんは俺が守るんだ）

洗面器の縁をぎゅっと握り締めて、名生は誓うように心の中で呟いた。

忙しい叔母《おば》夫婦に代わって、祖父の看護をするために、ミラノの学校には一ヶ月の休学届けを出している。授業に遅れる心配よりも、今は祖父のそばについていたい。学校の先生も同級生たちも、みんな名生の事情を気遣ってくれて、すぐに帰国できるように手助けしてくれた。

毎日仕立てのことだけを考えて過ごしていたミラノでの生活と、東京での生活は違う。病室に戻る前に、洗面器のお湯に自分の顔を映して笑った顔を作っていると、不意に声をかけられた。

「――あのう、すみません」

病棟の廊下の向こうから、二人連れの男たちが歩いてくる。彼らが着ているブリティッシュ・スタイルのスーツを見て、名生はお堅い職業をイメージした。

「速水昌一さんの病室はこちらでしょうか」

「はい。祖父は中にいますが、どちら様ですか？」

「お孫さんでしたか。このたびはお見舞い申し上げます。我々は東京四葉銀行銀座第一支店の者です」

銀行員がわざわざ見舞いにくるなんて。名生はドアの前に立ったまま、二人が差し出した名刺とフルーツの籠《かご》をかわるがわる見た。

「少しの間だけ、速水さんとお話がしたいんですが、よろしいでしょうか」

「あ、はい。——じいちゃん、銀行の人が、お見舞いに来てくれたよ」

名生はドアを開けて、祖父のもとへと二人を案内した。

「こんにちは、速水さん。急にお倒れになったとお聞きして、驚きました。ご容体はいかがです？」

「……まあ、ぼちぼちというところですかな。名生、お二人に椅子《いす》を」

「どうぞお構いなく。速水さん、こんな大変な時に恐縮ですが、先日ご相談をいただいたご融資の件で参りました」

銀行員の一人はそう言うと、ブリーフケースの中から、数字が並んだ書類を取り出した。彼は横になっている祖父にそれを見せながら、前置きもなく淡々と話し始めた。

「審査の結果、今回のお話は見送らせていただくことになりました」

「何ですと——」

「率直に申し上げて、『テーラー・ハヤミ』さんの財務状況では、ご融資の継続は大変難しいと判断いたしました」

「こちらもよく検討させていただいたのですが、お力になれず申し訳ありません」

銀行員の言葉が、皺の増えた祖父の顔を曇らせていく。入院してまだ何日も経《た》っていないのに、いきなりお金の話をされても、こっちは戸惑うだけだ。

（別に今じゃなくてもいいだろ。じいちゃんの病気が悪化したらどうするんだよ）

名生は内心怒って、子猫が毛を逆立てるように銀行員たちを睨《にら》んだ。

売上が下がるにつれて、祖父が店と自宅を担保にして、銀行から融資を受けていたことは知っていた。個人経営の小さな店は、今時どこも似たり寄ったりだ。銀座という立地と、祖父のテーラーの腕があったから、『テーラー・ハヤミ』は今まで生き残ることができた。

でも、融資を断られたら、これから先の経営が成り立たない。とても嫌な予感がして、名生は胸の辺りをぎゅっと握り締めた。

「速水さん、我々は速水さんのお体を心配しています。一日でも早くお元気になっていただきたいと思っています」

「恐れ入ります」

「しかし、このご様子だとお仕事への復帰はまだ先でしょう。既にご自宅は手放されていますし、このままでは負債だけが膨らんでしまいます」

「そこでご提案なのですが、銀座の店舗の売却をご検討されてはいかがですか？」

「え……っ」

嫌な予感が当たった。祖父の傍らで話を聞いていた名生は、思わず声を上げた。

「じいちゃんの店を、売るだって？」

「――ええ。あの場所は人気の商業地ですから、買い手はたくさんいらっしゃいますよ」

「これまでのご融資の分は、売却益で十分相殺《そうさい》できます。最善の手段かと思いますが」

「でも、店を手放したら……」

祖父の仕事場がなくなってしまう。咄嗟にそう言い返そうとした名生を、祖父は止めた。

「名生、外に出ていなさい」

「じいちゃん、どうして？　まさか今の話、乗ったりしないよね？」

「黙りなさい。半人前のお前が口を挟むことではない」

「何でだよ…っ！　あの店は俺にとっても大事な店だ。売るなんて絶対反対だ」

「残念ですが、店舗を売却していただけない場合は、強制的な差し押さえを覚悟していただくことになります」

「な…っ！　急にそんなことを言われても、はいそうですか、って返事できる訳ないだろ」

「ですから、選択肢の中で最も速水さんのご負担が少ないものを、我々はご提案させていただいたつもりです」

「申し上げにくいのですが、新たな出資者をお探しいただけない限り、そちら様に選択の余地はございません」

「そんな――」

目の前に真っ暗な夜が広がっていくようだった。祖父の店が売られてしまうなんて、想像したこともない。こんな現実、考えたくない。店がなくなったら、祖父がこれまで培ってきた信用や、お得意様まで全部失ってしまう。

「少し、考える時間をいただきたい」

ベッドに横たわったまま、静かに呟いた祖父を見て、名生はやるせなくなった。銀行員たちに吠えつくだけで、自分には祖父を助ける力がない。言いようのないもどかしさを覚えて唇を嚙《か》む。

「ええ、速水さん、この件はどうぞご家族でご検討ください。それでは、お大事に」

銀行員たちが書類を置いて、そそくさと病室を出ていく。沈黙が漂う部屋の中で、名生は祖父にどんな言葉をかけていいか分からなかった。

自分がもっと大人で、頼りがいのある人間だったらよかったのに。一人前のテーラーだったら、オーダーをたくさん取って店を繁盛させて、祖父に何の心配もさせないのに。

「みっともないところを見せた。すまんな、名生」

体に管をたくさんつけた姿で、祖父が謝るのが切なかった。切なくて切なくて、名生の瞳の奥が熱くなってくる。

「じいちゃんは何も悪いことしてない……っ」

ぽろ、と零《こぼ》れ落ちた涙を、名生は手の甲で擦った。自分が情けなかった。まだ半人前でしかない、役立たずのテーラー見習いの自分が悔しかった。

「お前、ミラノへ帰るか？」

「……っ」

弾けたように首を振って、止まらない涙を両手で覆う。今ミラノに帰って、自分に何ができる？　祖父をここに置いたままでは、勉強なんか手につかない。

「じいちゃんが元気になるまで、こっちにいるよ」

「私のことは、心配しなくてもいい。お前はお前のやりたいことをやりなさい」

「ううん。俺は立派なテーラーになって、じいちゃんと一緒に働きたいから。あの店が売れないように、見張っていなくちゃ」

無理をして笑顔を作ったら、また泣けてきた。店を守るためにはどうすればいいんだろう。胸の奥に広がっていく不安を、名生はぎゅっと両手に力を入れて、無理矢理抑え込んだ。

「俺、昼ご飯まだだったんだ。下の売店にでも行ってくる」

名生は病室を出ると、エレベーターの近くにある手洗い場へと向かった。冷たい水でざぶざぶ顔を洗って、少し頭をすっきりさせてから、売店のある一階のロビーへと下りる。病室では禁止されていた携帯電話の電源を入れてみると、タイミングよく着信があった。

（え？　何であいつから…？）

電話の液晶に表示された名前を見て、瞳を丸くする。ミラノの学校で出会った親友の名前だ。名生は電話を耳にあてて、上手とは言えないイタリア語で応対した。

「――Pronto, Qui è casa Nao.（もしもし、名生だけど）」

『Ciao, Nao. Sono Roland.（やあ、ナオ。ロランだよ）』

「ロラン、久しぶり」

『ふふっ。やっと繋がったと思ったら、相変わらずナオのイタリア語はへたくそだなあ』

「言うなよ。気にしてるんだからさ」

名生が唇を尖《とが》らせて言い返すと、遠慮のないその親友は、電話口でくすくす笑った。彼の声はとても近くて、海外と繋がっているとは全然思えない。

『ナオ、聞いたよ。休学をして東京に帰っているんだって？』

「……うん。家族のことで、ちょっとね」

『何だか声が暗いね。君が元気でいてくれないと、僕もつらい。ナオ、今から僕のところにおいでよ。何か困っているんなら話を聞くよ』

「ありがとう、ロラン。でも、そっちは遠いから、また今度な」

『ううん、実は僕も今、仕事で東京に来ているんだ』

「えっ！」

『驚いた？　ということだから、今夜会おうよ。久々の再会にシャンパンを奢《おご》ってあげる』

ロランのくすくす笑いが、もう一度名生の耳元で聞こえる。思いがけない親友からの誘いに、名生は頭をぼうっとさせながら、それでも大きく頷いていた。

この日の夜の東京は、冬が戻ってきたように、吐く息が真っ白になるほど寒かった。ミラノの温暖な気候で二年間も暮らしていると、高層ビルを吹き抜ける風が体に応《こた》える。

「えっと……、ここでいいんだよな？」

名生は親友との待ち合わせ場所を書いたメモを見て、心細そうに呟いた。きつめに締めたネクタイのノットを気にしながら、都内にある五つ星ホテルのエントランスをくぐる。

「いらっしゃいませ」

ドアマンに恭《うやうや》しく挨拶をされて、何だか首筋がこそばゆい。一泊で名生の一ヶ月分の学費が吹っ飛ぶ金額のそのホテルのロビーは、見るからにお金持ちの外国人客で賑《にぎ》わっていた。

（やっぱり、俺にはめちゃくちゃ場違いだ）

普段着でいいとは言われたけれど、スーツを着てきてよかった。

広いロビーの中をきょろきょろ見回していると、中央にある赤絨毯《あかじゅうたん》を敷いた階段から、金髪碧眼《へきがん》の男が下りてくる。擦《す》れ違う人の九割が振り返るほどの、華やかな顔立ちだ。

「ナオ！　待ってたよ！」

「ロラン、電話ありがとう。こっちで会えるなんて嘘みたいだ」

「神様は時々思いもしない偶然をくれるね。いつ見ても小さくてかわいいなあ、ナオは」

んー、と頬に熱烈なキスをされて、名生は苦笑した。ロランのスキンシップが過剰なのは今に始まったことじゃない。ゲイの彼に、初対面の時からしょっちゅうこうして頬にキスをされて、もう嫌がるだけ無駄だと悟ってしまったのだ。

ファッション界は自由な感性を持つ人が多いからか、デザイナーやモデルの間で、ゲイは特別珍しくない。学校の同級生の中に何人もいるし、基本的に女の子が好きな名生も、偏見は特に持っていなかった。

「小さい、は余計だよ。自分だって向こうでは大きい方じゃないくせに」

「あ、そうか。背中フェチのナオは、大人の男の大きい背中が大好きだもんね？　ごめん、僕はスリムだから、物足りないよね」

「しーっ！　こんなところで背中フェチとか大声で言うなっ」

名生に不名誉な『背中フェチ』の綽名をつけたのは、何を隠そうロランである。名生の大人の男の背中を見つめてしまう癖を、彼はいつの間にか見抜いて、同級生の間でからかいの対象にした。まったく迷惑な話だ。

「人間誰しも、多少のフェティシズムは持っているよ。僕だってかわいい君のほっぺは大好きさ。悲しまないで、ナオ」

「別に悲しんでないっ。俺が背中好きなのは、恥ずかしいけど本当のことだし」

「機嫌を直しておくれ、僕のアモーレ。君のためにシャンパンもクラテッロのハムもドルチェも用意した。二階のバンケットに案内するよ」

「ったく、誰がアモーレだ。そういうことを言うと普通の日本人は引くんだよっ」

弾丸のように陽気なラテン系の話術で、ロランはいつも名生のことを引っ掻《か》き回す。彼の華麗なルックスと、自由奔放《ほんぽう》な性格のギャップがすごい。

ロラン・バルトレーネは、日本でも人気のあった元モデルで、名生より三歳年上のイタリア人だ。すらりと長い手足に、プラチナブロンドの髪と空色の瞳を持つ美形は、ミラノの学校でも常に輝いていた。と言っても、ロランが名生と同級生だったのは一年間だけで、デザイナーの才能をいち早く開花させた彼は、学校を中退してすぐにプロデビューした。

『ROLAND』という名の個人ブランドを立ち上げて、活動拠点をミラノからパリに移し、新進気鋭のデザイナーとして注目されるようになってからも、ロランは変わらず名生と親しくしてくれる。今では何でも話せる一番の親友だ。

「さて、ナオと会えたことだし、昼間の電話の続きを聞こうか」

「昼間の電話？」

「ナオの声が暗かったから、心配になったんだ。君が急に東京に帰ってきたことと、関係があるんだろう？　訳を話してごらん。僕はナオの親友だ」

「ロラン――」

ミラノの学校に通い始めたばかりの頃、慣れない環境で塞《ふさ》ぎがちだった名生を救ってくれたのが、ロランだった。イタリア人だらけの同級生の中で、彼が片言の日本語で気さくに話しかけてくれたから、名生はホームシックにならずに済んだ。

ロランに心底優しい眼差しで見つめられたら、嘘をついたりごまかしたりはできない。名生は祖父のことや、店の経営のことを全部打ち明けた。

「――二年ぶりにじいちゃんに会って、すごく痩せてて、ショックだった。家族が困ってる時に何もできないなんて。何のためにミラノまで行って勉強してるのか、全部無意味なんじゃないかってさ、思っちゃうんだ」

「ナオ、いけない考え方だよ、それは。ナオがそばにいるだけで、きっとおじいちゃんの支えになっているよ」

「本当にそうだったらいいけど……。俺がもし、ロランみたいな立派なデザイナーだったらな。うちの店を売却するなんて話は出なかったと思う」

はあ、と溜息《ためいき》をついた名生の肩を、ロランは励ますように軽く叩《たた》いた。

「下を向いちゃ駄目だ。上を向いていないと、ファッションの神様に嫌われるよ」

「ロラン――。そうだよな。ロランの言う通りだ。愚痴《ぐち》ってごめん」

「ううん。僕はいつだってナオの味方だ。君の力になれるなら、愚痴でも何でも聞くよ」

ロランはもう一度名生の肩を叩いて、元気を分け与えるように、そこを揺さぶった。

「ありがとう。そう言えば、ロランはどうして東京に？　この間パリ・コレに出展したばかりじゃなかった？」

「日本のアパレル企業と組んで、僕のブランドのファッションショーをすることになったんだ。今日は関係者を呼んで、前祝いのちょっとしたパーティーをやってるんだよ」

「ショーを開くのか――。すごいな、ロラン。国外で単独は初めてだろ？」

「うん。記念のショーだし、スポンサーのタイアップや演出もかなり大がかりになってる。ナオにも見に来てほしいな」

ロランは長い睫毛《まつげ》の瞳をウィンクして、上着のポケットから何かを取り出した。

「これ、関係者だけのチケット。ランウェイに一番近いＶＩＰ席を用意したよ」

「えっ…、俺がＶＩＰでいいの？　ありがとう！」

プラチナチケットに違いないそれは、名生の手元で夢の塊のようにきらきらと輝いている。親友が活躍している姿を見ているだけで、落ち込んでいた名生にも少し力が湧いてきた。

「やっぱりナオは、笑ってる顔が一番素敵だね。再会を祝って、乾杯しよう」

ロランに誘われるまま、名生はシャンデリアが眩しいバンケットルームの中へと入っていった。立食形式のパーティーの参加者には、ミラノやパリのファッションショーで活躍しているモデルや、デザイナーたちが混じっている。みんな名生でも顔を知っているくらいの著名人だ。

（こんなにすごい人たちと渡り合って、ロランは仕事をしているのか。なんだかもう、別の世界の人って感じだ）

ぎこちなくロランとグラスを触れ合わせて、名生はシャンパンを一口、口に含んだ。慣れないパーティーに緊張しているせいで、細かい泡が喉に絡《から》んで、けふっ、と咳《せ》き込む。

「バルトレーネさん、トップモデルからの華麗なる転身、おめでとうございます！」

「すみません、東都テレビなんですが、今回のショーについてお話を聞かせてください」

会場の隅っこで静かに飲んでいたいのに、名生の隣にいるロランを目当てに、招待客やマスコミが人垣を作り始める。戸惑う名生を、目立たない柱の陰に隠して、ロランはテレビカメラの前で話し始めた。

「今日はみなさんを招待できて嬉しい。日本の方たちはファッションを楽しむことに長《た》けていると感じています。この東京で腕試しができるのは、とても光栄です」

すると、すぐにどこからか通訳の人が現れて、ロランのイタリア語を日本語に訳していく。ロランはマスコミのたくさんの質問にスマートに答えていて、もう何度もこんな経験をしていることが、名生にも見て取れた。

カメラのフラッシュが降り注ぐ、名生とは無縁な、眩《まばゆ》い人たちが集う別世界。ロランに比べて、地道にテーラーを目指している名生は、ファッション界ではほんの小さな存在に過ぎない。

（俺には遠いな、あっちの世界は）

あんまり眩しい世界に接していると、熱気にあてられて、自分の立ち位置を見失ってしまいそうになる。名生はロランと彼を取り巻く人垣から離れて、遠くの方から見守った。

「――見ろよ、まるでスター扱いだ。うまくやったなロランの奴」

「モデル出身とはいえ、一年前までただの学生だったあいつが、個人ブランドのオーナーだなんて。まったく信じられないよ」

名生の近くにはフィンガーフードのワゴンが並べられていて、外国人の招待客が数人、小皿を片手に話し合っていた。ロランのデザイナー仲間だろうか。彼らのロランを見る眼差しが、心なしか冷たい気がする。

「ヴォーグ誌の彼の特集記事を読んだか？　十年に一人の天才デザイナーだそうだ」

「馬鹿馬鹿しい。ブランドの立ち上げに、いったい何人のペニスをしゃぶったんだろうな。これだからゲイは信用できないんだ」

「ロランのホモ野郎。金持ちに尻を差し出して、天下を取った気分でいるのさ」

かっ、と名生の頭が熱くなった。なんてひどいことを言うんだろう。ロランがブランドを立ち上げるために、スポンサーに体を売ったなんて、偏見だ。冗談でも言っていいことと悪いことがある。

（ふざけんな、こいつら）

名生は両手の拳《こぶし》を握り締めると、ロランを侮辱した彼らの前に、つかつかと進み出た。

「今言ったことを取り消せ」

「は？　何だ、お前は」

「ロランは俺の親友だ。あいつは自分の才能でブランドを立ち上げたのに、変なことを言うのはやめろ」

親友を馬鹿にされて、黙っていることなんてできない。ロランのプライドを守りたくて、名生は自分より大柄な彼らを真っ向から睨みつけた。

「親友？　お前もあの穢《けが》れたデザイナーにたらしこまれたのか」

「うるさい。これ以上ロランを侮辱したら、俺が許さないぞ」

「チビの日本人が偉そうに。あいつの尻はそんなに具合がよかったか？　それともお前が突っ込まれる側か？」

「この野郎…っ！」

「――よさないか」

彼らに殴りかかる寸前、名生は後ろから伸びてきた手に肩を摑《つか》まれて、そのまま抱き寄せられた。ロランの華やかな香水とは違う、落ち着いた大人の香り。す、とそれを嗅《か》いだ後で、名生は予想もしなかった人の胸の中にいることに気づいた。

「紀藤……さん？」

「やあ。また会ったな」

とても近い距離にあった、澄んだ彼の漆黒の瞳に、思わず息を呑《の》む。どうしてこんなところに紀藤がいるのだろう。

「何のいざこざか知らないが、ここはパーティーの席だ。晴れの場所を、君はケンカで台無しにする気か？」

「あ…っ」

怒りで頭に血が上って、そこまで考えることができなかった。紀藤の肩越しにロランの方を見ると、彼も心配そうに名生のことを見ている。

(馬鹿だ、俺。こいつらの挑発に乗るところだった)

もし名生が怒りのままに殴っていたら、相手の思う壺《つぼ》だった。ロランのことを貶《おとし》めていた彼らは、パーティーがめちゃくちゃになれば、きっと喜ぶ。

名生は高ぶった感情をどうにか抑えて、紀藤に謝った。

「すみません、紀藤さん。俺が軽率でした」

「分かればいい。——とりあえずここを離れよう」

紀藤は名生にだけ分かるように日本語で囁《ささや》くと、肩を抱いて歩き出した。大人の紀藤には勝てないと思ったのか、あの嫌な招待客たちが追ってくることはなかった。

「それにしても驚いた。君は何故、このパーティーに？」

「デザイナーをやってる俺の親友が、招待してくれたんです。日本でファッションショーをする前祝いだって」

「……え？　じゃあ君は、『ＲＯＬＡＮＤ』オーナー、ロラン・バルトレーネの友人なのか？」

「はい。彼はミラノの学校の同級生だったんです」

「そうだったのか。今日はここに顔を出してみてよかったよ。君と会えるとは思わなかった」

紀藤は名生を見つめて、嬉しそうにそう言った。名生も彼に会えた偶然が嬉しい。

すると、二人のもとへ、ロランがマスコミのインタビューを終えて駆け寄ってきた。

「ナオ、さっきはごめん。カメラからやっと解放してもらったよ」

「お疲れさま。あ、ロラン、こちらの方は――」

名生が紀藤を紹介しようとすると、それよりも早く、ロランが彼の名前を呼んだ。

「タカヒロ！」

ロランの体が、重力がなくなったように軽《かろ》やかに舞う。次の瞬間、彼は紀藤の腕の中に飛び込んで、ぎゅうっ、とスーツの胸元に顔を埋《うず》めた。

（え……？）

名生は目の前の二人の光景に呆然《ぼうぜん》となった。

気まぐれな猫が手放しで飼い主に甘えるような、親密な距離感。見ている名生の方が恥ずかしくなってしまうほど、ロランと紀藤はぴったりと寄り添っている。

「――タカヒロ、会いたかった。この間パリで顔を合わせて以来だね」

「ああ。今日はお招きありがとう。君の好きな白い蘭《らん》を贈らせてもらったよ」

「嬉しい。このパーティーが開けるのも、東京でショーができるのも、全部あなたのおかげだ。感謝してる」

ロランが紀藤を見上げる瞳が、やけに熱っぽい。紀藤の眼差しも何だか甘くて、まるで恋人どうしのようだった。

名生がどきどきしながら立ち尽くしていると、紀藤がそれに気づいて、ロランの肩をそっと押し戻した。

「ロラン、そろそろ離れろ。君の親友がびっくりしている」

「い、いえ。俺は、別に」

「タカヒロ、ナオのことをどうして知っているの？」

「彼は俺が贔屓にしているテーラーのお孫さんだ。――名生くん。この間は名刺も渡さずにすまなかったな。改めて、紀藤貴大《たかひろ》です。よろしく」

「あ…っ、よ、よろしくお願いしますっ！」

紀藤が差し出した名刺を、名生は鼓動を高鳴らせながら受け取った。白くて小さなそれに、とんでもない肩書が書いてある。

「紀藤グループ、ＫＣＧパリ本社の、ＣＥＯ《最高経営責任者》……？」

名生は見間違いかと思って、何度も瞬《まばた》きをした。

ＫＣＧ——Kito Clothing Corporation Group——は、東京に総本社を持つ、日本のアパレル業界を代表する大企業だ。ハイクラスの紳士服から婦人服、子供服、高級呉服に至るまで、あらゆる人気ブランドを展開させている。海外でも知名度は抜群で、パリ・コレをはじめ、名生が暮らしているミラノのショーのスポンサーとしても名高い。

紀藤の名前を聞いた時、すぐに気づけなかったことが間抜けなくらい、ＫＣＧはファッション界では知らない人間がいない会社だ。その会社のパリ本社のＣＥＯだなんて、紀藤は名生にとって、雲の上のそのまた上の人だった。

（普通の会社員じゃないと思ってたけど、本当に偉い人だったんだ。どうして教えてくれなかったんだよ、じいちゃん！）

紀藤は親子二代でお得意様だと言っていたから、祖父は彼の素性を知っていたに違いない。あの小さな『テーラー・ハヤミ』に、世界的企業を経営している親子が通っているなんて、名生は興奮で胸がいっぱいになった。

「ナオ。タカヒロはパリで、ベンチャー企業をたくさん手がけていて、若手のデザイナーにチャンスの場を提供しているんだ。彼が協力してくれなかったら、僕のデビューもきっとなかった」

「それは君に才能があったからだ。輝きを秘めた原石を、俺はけっして見逃さない」

ロランを見つめて、紀藤は力強くそう言う。親友の才能を信じてくれる彼の姿に、名生は感動した。紀藤は人の力を見抜く目に自信を持っている。彼はファッション界の原石を見出《みいだ》して、磨き上げる仕事に誇りを持っているのだ。

（本当にこの人は、格好いい人だなあ）

尊敬を込めて、名生は紀藤を見上げた。まだ出会ってほんの少ししか時間が経っていないのに、紀藤への憧れが名生の中で膨らんでいく。

「タカヒロ、今日はゆっくりできるの？　三人でここを抜け出して、食事でもしようよ」

「パーティーの主催者が何を言ってる。俺はこれから上のバーで、仕事の打ち合わせがあるんだ」

「もう……、こんな日まで仕事をすることないじゃないか」

「日本人のビジネスマンは、君たちイタリア人の倍は働くんだよ。それじゃ、また」

紀藤は名生に軽い目礼をして、バンケットルームから去っていった。颯爽と歩き出したスーツの背中が、大人の男の色香を放って、ずっと見つめていたくなるほど様になっている。

名生は紀藤にもらった名刺を、宝物のように大切に財布にしまった。紀藤のことをもっと知りたい。彼ともっと話をしてみたい。

「ロラン、お前すごい人と知り合いなんだな。まだ心臓がどきどきしてるよ」

「まあ、タカヒロはＫＣＧの御曹司だからね。いずれは全社のトップに就くだろうし、ビジネスパートナーとしては最高だ」

「肩書とかそういうことじゃなくてさ、紀藤さんに才能を認められるなんて、もっと自慢していいよ。ロランは学校にいた頃からがんばってたもんな。紀藤さんがお前の力になってくれてよかった」

「ナオ……。素直というか、純粋だね、君は」

興奮が冷めなくて、瞳を輝かせたままの名生に、ロランは小さく苦笑して見せた。

「才能だけでビジネスパートナーを得られるなら、誰も苦労しないよ」

「え？」

「才能とは別に、何らかのメリットがなければ、タカヒロのような有力者を動かすことはできない」

「メリットって、どういうこと――」

「例えば、ベッドを共にするとか」

「ベッ、ベッド⁉」

名生は声がひっくり返るくらい驚いた。親友の衝撃の告白だった。

「デザイナーが自分を売り込むために、有力者の愛人になるのは珍しくない。……僕もそれを悪いこととは思わないし。チャンスを摑むためなら、体でも何でも、利用できるものは利用しなくちゃ」

「ロラン……」

個人ブランドを立ち上げるために、ロランが体を売っていると言っていた、あの男たちの噂話を思い出してしまう。それが本当のことだったなんて、名生は考えもしなかった。

「軽蔑《けいべつ》した？　純粋なナオには、刺激の強い話だったね」

「う、ううんっ」

名生は赤い顔をして、ぶんぶん首を振った。ファッション界で名を上げることが、どんなに大変で困難なことかは、名生にも分かる。ミラノの学校でも、ロランのようにプロのデザイナーになれるのはほんの一握りの学生だけだ。

個人ブランドを立ち上げるには、きっとお金も人もたくさん必要だろう。シビアなファッション界で、慈善事業でビジネスパートナーになってくれる人なんて、どこを探してもいるはずがない。

（プロでもない、まだ半人前の俺が、ロランの言うことを否定するのはおかしい）

モラルとか、偉そうなことを振り翳《かざ》すつもりもなかった。ロランは彼なりの努力をしたから、今の成功がある。それよりも、名生が気になって仕方ないのは、ロランと紀藤の個人的な繋がりのことだった。

「ロラン。お前と紀藤さんも、そういう関係なの？」

すると、ほんの短い間、ロランは黙った。豊かなプラチナブロンドの髪を掻き上げて、彼は深い溜息をつく。

「さあ、どうかな。ナオはどう思う？」

「分からないよ、そんなの――」

「ヒント。タカヒロもメリットを重んじる人間だ。ＫＧの次期代表の彼の周りには、成功を求めて様々な思惑を持った人間が集まる。まるで砂糖に群がる蟻《あり》のようにね」

「え……っ」

「さっきも仕事の打ち合わせだと言っていたけど、今頃バーで、僕のようなデザイナーの品定めをしているかもしれないな」

名生の頭の中に、恋人のように寄り添っていた紀藤とロランの姿がちらついた。その途端、ちりっ、と胸の奥に痛みが走る。

どうしてそんな痛みを感じたのか、理由が分からない。紀藤に憧れて間もないから、彼の意外な一面を知って、気持ちが追いついていかないのかもしれない。

(紀藤さんも、メリットを重んじる人、なんだ)

名生は黙り込んだまま、ロランの言葉を反芻《はんすう》した。頭でそのことを理解しようと思っても、うまくいかなかった。

「僕の言ったこと、信じられない？　ナオ、この話をナオにしたのは、君にもチャンスがあるってことを、知ってほしかったからなんだ」

「俺に、チャンス……？」

「うん。——ナオの気持ち次第だけど。ナオのおじいちゃんの店、タカヒロにお願いして、出資してもらったらどうかな」

ロランが何を言っているのか、名生はすぐには飲み込めなかった。小首を傾《かし》げる名生に、ロランは周囲に誰もいないことを確かめてから、小声で囁く。

「おじいちゃんの店、銀行に売られるかもしれないと言っていたね。タカヒロにスポンサーになってもらえば、何の心配もいらないじゃないか」

「ちょっ、ちょっと待ってよ、急にそんな話——」

どくん、どくん、と名生の鼓動が大きくなる。祖父のテーラーの腕を知っている紀藤なら、スポンサーになってくれるかもしれない。そんな甘い考えが泡のように湧いてくるのを、名生は慌てて打ち消した。

「だ、駄目だっ。駄目だよ、そんなの。紀藤さんに迷惑がかかる。じいちゃんがいつ退院できるか分からないのに、出資なんて」

「ナオがいるじゃないか。将来有望なテーラー見習いが。君自身を担保にして、スポンサーになってもらうんだ」

「何言ってるんだよ。——俺にはじいちゃんみたいな腕もないし、ロランみたいな才能もない。紀藤さんにスポンサーを頼むのは、無理だよ」

「試してみなくちゃ分からないだろう。このまま何もしないで、店が売られていくのを黙って見ているの？　ナオはそれでいいの？」

「いい訳ない……っ！」

ここがパーティー会場だということを忘れて、名生はそう叫んでしまった。近くを通りかかった招待客たちが、何事かと名生の方を見る。

（俺だって、俺だって……っ、じいちゃんの店を守りたいんだ）

古ぼけているけれど温かい、銀座の片隅にある小さな店。祖父との大切な時間が詰まったあの店を、売り払わずにすむなら、自分にできることは何でもしたい。

「……ロラン。紀藤さんのいるバーって、どこ」

「ナオ」

「教えて。ダメ元であの人に頭を下げてみる。じいちゃんの店、どうしても、諦《あきら》めたくないから」

うん、と気合を入れるように頷いて、名生は両手の拳を握り締めた。自分がしようとしていることが、正しいかどうかは分からない。ただ、大事なものを失わないためには、賭けに出てみるしか方法がなかった。

ロランが教えてくれたバーは、ホテルの最上階の、静かな一角にあった。重厚なドアに守られた会員制の店で、入り口にいた黒服の店員にロランからの紹介だと告げると、とても丁寧な態度で中に入れてくれた。

「お待ち合わせでございますか？」

「あの、こちらに、紀藤さんというお客さんがいらっしゃると思うんですが——」

「ご案内いたします」

店員に促《うなが》されるまま、店の奥の方へと歩いていくと、個室がいくつかある。そのうちの一室のドアを、店員はそっとノックした。

「紀藤様。お客様をお連れいたしました」

どうぞ、と、中から紀藤の声が聞こえる。名生の心臓が、またどきどきと騒ぎ始めた。

「——失礼します」

外の音が遮断された個室で、紀藤は柔らかそうな革のソファに体を預けていた。彼の隣には、とても綺麗な顔立ちをした外国人の男がいて、グラスに水割りを作っている。

「名生くん。パーティーはどうした？」

「紀藤さんにお話があって、抜け出してきました」

「俺に話？」

紀藤は少し驚いた顔をして、水割りを勧める男の方を見やった。

「君は席を外してくれ」

英語でそう言った紀藤に、男は、何故、と聞き返している。紀藤がそれきり黙ると、男は紀藤と名生の顔を交互に見て、ひどく怒ったような様子で個室を出て行った。

擦れ違いざま、彼にものすごく怖い顔で睨まれた気がする。バタン、と乱暴に閉められたドアの音が、名生をいっそう緊張させた。

「そんなところに立っていないで、座ったらどうだ」

「は、はい」

「何か飲むか？　と言ってもここには、アルコールしかないが」

「あの、えっと……お水を、ください」

紀藤と二人きりになった途端、どうしていいか分からなくなる。張り詰めた静けさが名生に冷や汗をかかせて、喉がからからに渇いていく。

（何やってんだ、俺。しっかりしろ……っ）

紀藤が作ってくれた、氷水のグラスを握り締めて、名生は懸命に自分を奮い立たせた。

（じいちゃんも店も、俺が守らなきゃ。紀藤さんに賭けてみる以外に、今の俺にできることは、何もないんだ）

ぐっ、とグラスを呷《あお》って、氷水を飲み干す。アルコールは入っていないはずなのに、喉が焼けるように熱い。

「紀藤さん。お願いが、あるんです」

声が変に上擦《うわず》るのを、名生は止めようがなかった。背中は汗びっしょりで、ソファに座っているのに膝ががくがく笑っている。

「じいちゃ――祖父の店、『テーラー・ハヤミ』に、出資をしていただけないでしょうか」

ひといきにそう言って、名生は大きく肩を震わせた。祖父のお得意様である紀藤にそんなことを頼むのは、ルール違反だと分かっている。分かっていても、彼に頭を下げることしか、名生には大事なものを守る術《すべ》がなかった。

「『テーラー・ハヤミ』に、出資？」

「はい。祖父の店は、銀行に融資を打ち切られて、売却されそうになっています。俺はどうしても、あの店を守りたいんです！」

臆病に、それでもまっすぐな瞳で、名生は紀藤を見上げた。間接照明でセピア色に染まった彼の顔は、石でできているように無表情だった。

「君のお祖父様から、俺に頭を下げろと頼まれたのか？」

「い、いえっ。祖父はこのことは何も知りません」

「では君は、何故俺に、そんな話をしようと思ったんだ？」

「それは……」

ロランのアドバイスだと正直に打ち明けるべきか、名生は迷った。水で潤したはずの喉が、緊張でまた渇いていく。

「俺はこれでも、周囲には現実主義のビジネスマンで通っている。メリットのない出資はしない」

ぴくん、と名生の体が震えた。今まで一度も聞いたことがない、紀藤の低くて厳格な声が、名生を耳から圧倒する。

「お祖父様のテーラーの腕は、俺もよく承知している。だが、君自身はまだ見習いだ」

「――はい」

「未知数でしかない君が出資を求めてくるからには、俺に何かを差し出す用意があるんだろうな？」

「紀藤さんに、差し出すもの……」

「君は俺に、どんなメリットを提示できるんだ。君が持っているものを、俺に全部差し出すというのなら、出資を考えてもいい」

名生のスラックスの膝の上に、紀藤はゆっくりと掌《てのひら》を置いた。布地越しに伝わってくる彼の体温が、ひどく冷たくて、名生の震えは止まらなかった。

（ロランの言った通りだ。紀藤さんは、メリットがないと動かない）

失望なのか、それが当然だという諦めなのか、よく分からない感情が名生を包み込む。自分が何のためにここへきて、紀藤に何を頼んでいるのか、そのことさえもごちゃごちゃして、頭の中が混乱している。

（じいちゃんのことだけ、俺にとって、一番大事なことだけ、考えるんだ）

たくさんの点滴や計器の管に繋がれた、病室のベッドにいる祖父のことを、名生は思い浮かべた。銀座の店は祖父の命の綱だ。それを失うくらいなら、名生は自分のことさえ、どうなってもかまわなかった。

「紀藤さん」

名生はテーブルにグラスを置いて、膝の上の紀藤の手に、自分の手を重ねた。掌についていた水滴が、紀藤の手の甲をも濡《ぬ》らして、二人分の体温を同化させる。

「俺は、自分以外には、何も持っていません」

紀藤は無言だった。瞬きもせずに、名生のことをじっと見つめている。

「――もし俺が、あなたのメリットになるなら――」

離した手を、名生は自分の首へと持ち上げた。きつく締めていたネクタイのノットに、震えのひかない指をかける。

「俺のことを、あなたの好きにしてください」

自分と引き換えに、祖父の店を助けてください。声にならない声で、名生はそう告げた。

指の先で緩めたネクタイが、しゅるりと掠《かす》れた音を立てている。それが床へ落ちていくのと同時に、名生は強い力で押し倒されて、ソファに仰向《あおむ》けになった。

「あ……っ！」

ぐるりと反転した名生の視界を、覆い被《かぶ》さってきた紀藤のシルエットが奪う。部屋の明かりが遮られて、彼の表情はよく見えなかった。

「君は、自分が何を言ったか分かっているのか？」

さっきよりも、紀藤の声は低かった。喉から絞り出すようなそれは、耳をすまさなければ聞こえないほど小さい。

「知らなかったよ。君は随分と野心家だな」

「お、俺は、野心なんて……っ」

「この間、お祖父様の店で採寸をした時も、やけに熱っぽい目で俺を見ると思ったら、こういうことだったんだな」

「違う――。違い、ます」

「このあどけない顔で、君はいつも男を誘っているのか？」

ぞくっ、と名生の肌が粟立《あわだ》った。紀藤の指先が、汗で濡れた名生の頬をなぞっている。柔らかさや手触りを確かめるような、ゆっくりと繰り返されるそれに、名生は硬直した。

「出資のために自分自身を取り引きに使うんだ。俺のことを、せいぜい楽しませてくれるんだろうな」

「え……っ」

「さっきのモデルが、ここで俺にしようとしていたことを、君に代わりにやってもらおう」

「さっき、出て行った人、も、紀藤さんに、取り引きを？」

「ああ。——彼はＫＣＧが持つブランドとの専属契約を得るために、俺にここで抱かれるつもりだったようだ。そんなくだらない色仕掛けを、俺が毛嫌いしていることも知らずにな」

名生が息を呑むのを、紀藤は無表情な瞳で見下ろしていた。彼の指先が頬から首筋へと滑り下り、名生のシャツのボタンを外していく。

はだけられた胸元に、冷えた部屋の空気が触れて、名生は震えた。紀藤が何をしようとしているのか、想像することが怖かった。上着のボタンも次々に弾かれ、名生を守るものがなくなっていく。

「ま……、待ってくださ…っ、いや……！」

裸の胸を、直《じか》に掌で撫で回されて、名生は抵抗した。

「震えているな。君は自分でこうなることを望んだんだろう？　何故抵抗する」

「だって……っ」

「俺に取り引きを持ちかけて、手玉に取る気だったんじゃないのか」

怖い。怖くて、逃げ出したくてたまらない。紀藤の体温が肌に纏《まと》いついて、まるで蜘蛛《くも》の巣のように名生を搦《から》め捕《と》ろうとする。

「残念だが、あてが外れたな。俺は簡単に体を売る人間を軽蔑している。君のことを、将来の楽しみなテーラー見習いだと思っていたのに。俺を失望させ、怒らせた罪は重いぞ」

紀藤の瞳の奥に、火のように何かが揺らめいている。それを見るまで、名生は彼が怒っていることに気づかなかった。

(どうして、紀藤さんが、こんなに怒るなんて……っ)

ウェストからシャツの裾が引き抜かれ、彼と揉《も》み合いになる中、かちゃかちゃとベルトのバックルを外される音がする。スラックスの奥に紀藤の指が入ってきて、名生は全身に冷水を浴びせられたように、大きくのけ反った。

「やめてください――!」

祖父の店のためなら、何でもできると思っていたのに。自分はどうなってもいいと思っていたのに。取り引きをするために、男に体を差し出すことの意味の重さが、名生を今更苦しめる。

「紀藤さん、いや、いやだ……っ!」

紀藤の体を押し戻そうとした両手を、頭の上で一つに纏められて、名生は怯《おび》えた。

「君のような子供は、あまり大人をからかわない方がいい」

名生の頭上で、紀藤が水割りのグラスを呷る。

グラスの底についていた水滴が落ちてくる――と、思ったその瞬間、時間が止まった。

「うぐ…っ！　んっ、んんっ！」

突然唇を塞《ふさ》がれて、名生の口中に冷たい液体が流れ込んでくる。紀藤の微《かす》かな吐息で感じた、アルコールの香り。口移しに飲まされた水割りが、否応なく名生の喉を駆け下りていく。

「ううっ、げほっ！　ごほっ！」

口角から溢れ出た水割りが、脱がされかけていたシャツを汚した。咳き込んだ名生の唇を、もう一度紀藤の唇が塞ぐ。苦しい。息ができない。水に溺《おぼ》れていくように、手足が痺《しび》れて動かなくなって、意識が遠くなっていく。

（助け、て）

唇を解放してもらえないまま、名生はもがいた。霞《かす》んでいく意識のずっと遠くの方で、紀藤とキスをしていることに、気づいている自分がいた。

（紀藤さんが、なんで……っ。こんなの、ひどい。息が、苦しい）

名生の目尻から涙が零れ、こめかみへと伝っていく。酸欠になるほんの手前で、ふ、と唇の戒《いまし》めが解けた。気を失いかけている名生に、紀藤の声だけが小さく響く。

「二度目はないぞ、名生」

どこか痛むような、傷ついた人が発するような声だった。呼び捨てにされた自分の名前が、名生の耳の奥で反響する。

「今度やったら許さない。二度と俺に、体を売るような真似はするな」

紀藤の囁きに気圧《けお》されて、名生は泣きながら頷きを返した。彼がこんなにも怒る理由が分からない。その答えを見出せないうちに、名生の意識は混濁して、真っ暗な眠りの底へと落ちていった。

3

瞼《まぶた》の向こう側が、だんだんと明るくなる。深い眠りに沈んでいた名生の体が、朝の気配を感じて、少しずつ覚醒し始めた。

「……ん……」

普段通りに起きようとしたのに、背中の下がやたら柔らかくて、うまく体を動かせない。まだよく働かない頭で考えて、今寝ている場所が叔母の家の布団ではなく、ふかふかのベッドだということを思い出した。

瞼が鉛のように重たくて、何だか頭痛もする。昨日はロランのパーティーに招待されて、少しだけシャンパンを飲んだ。二日酔いになるほど飲んでいないはずなのに、どうしてこんなに、気分が悪いんだろう。

「う…、ん——」

ぼやけている視界に、白いワイシャツを着た誰かの後ろ姿が見えて、名生は瞬きをした。広くて大きな、男らしい背中。名生が憧れてやまない、父親にそっくりなそれ。

（お父さん……？）

名生はもう一度大きく瞬きをして、跳ねるように起き上がった。ずきん、とこめかみに響いた頭痛とともに、背中を向けていたその人が振り返る。

「目が覚めたのか。おはよう」

「紀藤さん――。お、おはよう、ございます」

喉が渇いていて、引き攣《つ》った声しか出てこない。紀藤の顔を見た瞬間、驚きとともに、名生は昨夜起きたことを全部思い出した。

バーの個室で紀藤に出資を頼んだこと。怒った彼にソファに押し倒されて、乱暴されそうになったこと。名生を苦しめる二日酔いの症状は、彼に口移しで水割りを飲まされたからだ。

(俺、あれから、どうしたんだ。どこなんだ、ここは)

ゆっくりと周りを見渡してみると、ホテルの一室にいるということが分かる。朝陽に白く映えた高い天井と、贅沢そうなインテリアを置いた二間続きの広い部屋。名生は自分で着た覚えのない、柔らかなシルクのパジャマを着せられていた。

「俺が君をここに運んだ時に、服を着替えさせた。君のスーツとシャツは汚してしまったから、クリーニングに出している」

「……じゃあ、これは、紀藤さんが?」

パジャマの胸元を握り締めた名生に、紀藤はゆっくりと頷いてから、立ち上がった。彼はさっきまで読んでいたらしい、書類か何かをライティングデスクに置いて、傍らにあった水のペットボトルを取った。

「昨夜、君はあのバーの個室で酔って気を失った。水割りはそう濃くはなかったはずだが、君はアルコールに弱いのか？　それとも、お灸《きゅう》が効き過ぎたのか」

「お灸って……」

ぺた、とペットボトルを頰に当てられて、名生は冷たくて声を上げた。

「ひゃっ！　な、何ですかっ」

これもお灸だ、と言わんばかりに、紀藤がボトルで名生の頰をぐいぐい押してくる。

「経験もないくせに、男に体を売ろうとするな」

「つ、冷たいですっ、やめてくださいっ、紀藤さんっ」

「やかましい。取り引きにメリットが必要だとは言ったが、俺が欲しいのはそんなものじゃない。──誰の入れ知恵かだいたい想像はつくが、俺も安く見られたものだ」

まったく心外だ、と、ぶつぶつ文句を言いながら、紀藤はボトルで名生の頭を叩いた。

「い、痛っ！」

ぼすん、ぼすん、何度も小突かれて、さすがの名生も腹が立ってくる。すると、名生をいじめることに飽きたのか、紀藤はボトルを投げて寄越した。

「飲みなさい。喉が渇いているんだろう、声ががらがらだ」

「……朝はいつも、ブラッドオレンジジュースを飲むことに決めてます。それも搾《しぼ》りたての」

イタリアではポピュラーな、真っ赤な果肉のオレンジ。名生はそれが本当に好きで、しょっちゅう市場で買ってきては、自分で搾って飲んでいる。

名生が口答えをすると、紀藤は片方の眉を上げて、意地悪な笑みを浮かべた。

「ほう。俺に生意気を言う元気はあるんだな」

紀藤はそう言うと、名生の腕を取って、ベッドから引っ張り下ろした。ふらつく名生を無理矢理歩かせて、寝室からリビングルームへと連れていく。

部屋を暖める空調の風に乗って、ふわりといい匂いが名生の方に漂ってきた。白いクロスを敷いた、十人は座れるほどの大きなテーブルに、朝食の用意がされている。

「一人で食事をするのは嫌いなんだ。オレンジなら俺が搾ってやるから、君も座って相手をしろ」

さっきはボトルで小突いたと思ったら、今度は一緒に食事をしろだなんて。一方的に紀藤に振り回されている気がして、名生は訳が分からなかった。

「お、俺、お邪魔しました。もう帰りますっ」

「パジャマ姿で表に出るつもりか？　いいから俺に付き合え。言う通りにしないと、お祖父様に昨夜のことを全部話すぞ」

「な…っ」

「バラされたくなかったら、おとなしく座れ」

紀藤は半分脅しながら、椅子を引いて名生をそこに座らせた。

気まずい思いでテーブルの上を見ると、ホテルのロゴの入った陶器の皿に、朝食にしては豪勢な料理が盛られている。こんがりと焼いたパンも、チーズが蕩《とろ》け出ているオムレツも、全部がおいしそうで、名生の空腹の胃がぐうぐう鳴り出した。

（バ、馬鹿っ、おとなしくしろっ）

お腹《なか》の虫が聞こえないように、パジャマの上から手で押さえても、遅かった。音に気づいた紀藤が笑っている。

「胃袋の方が正直だな。ほら、冷めないうちに食べなさい」

「う…っ、い、いただきますっ」

名生はオムレツの誘惑に負けて、チーズの糸を垂らしながら、それを食べた。

「おいしい――」

自分で卵料理をする時は、焦げた目玉焼きか、ぱさぱさのスクランブルエッグしか作ることができない。だから、とろりと柔らかいオムレツが別次元の料理に思えてくる。

勢いづいてぱくぱく食べ始めた名生を、紀藤はしばらく眺めてから、ガラスの器に盛られていたオレンジを手に取った。そばにあったナイフで器用に半分に切り、スクイーザーで搾る。非力な名生と違って、彼の大きな手は、オレンジ一個分を簡単にジュースにした。

「どうぞ。君のリクエストのブラッドオレンジだ」

「ありがとう、ございます」

ぎこちなくお礼を言って、搾りたてのそれを飲んでみる。ほどよく果肉の粒が残っていておいしい。飲みやすいように種が取り除いてあるのも、嬉しかった。

名生の向かい側の席に座って、紀藤も食事を始める。背丈の大きい彼らしく、料理をたくさんたいらげていく姿は、見ているととても気持ちいい。

クロワッサンをコーヒーに浸して食べる紀藤に、名生は目を瞠《みは》った。

「それ……、フランスの人みたいですね」

「ん？　ああ、パリ暮らしが長いから、向こうの食べ方が伝染《うつ》ったらしい」

そう言えば、紀藤はパリでビジネスをしているＣＥＯだった。日本にはたまたま帰ってきているんだろうか。名生は気になって、遠慮がちに質問してみた。

「紀藤さんは、東京でお仕事をする時もあるんですか？」

「一年のうちに、トータルで一ヶ月くらいはこちらにいる。俺は東京総本社の役員も兼ねていて、グループの代表をやっている父親のサポートをしているんだ。香港やバンコクのアジア方面支社で重要な会議がある時も、パリから駆けつける」

「何だかすごい――ですね」

世界を股にかける、というのは、紀藤のような人のことを言うのだろう。立場も地位も違う彼と、こうして二人きりで朝食を摂っていることが、名生には不思議だった。

（昨夜のことが、嘘みたいだ）

震えるほど怖かった昨夜の紀藤は、今はいない。ワイシャツの第一ボタンを開けたラフな格好で、オレンジジュースのおかわりを作ってくれる彼は、最初に会った時と同じ紳士だ。

「君だってミラノで修行中なんだろう。自分を磨くことは、並大抵の努力ではできない。勝手の違う海外ならなおさらだ」

穏やかな表情をしている今朝の紀藤が、本来の彼なら、昨夜の彼は何だったんだろう。お酒が見せた一晩だけの悪い夢だったのならいい。

「……俺、どうしても祖父のようなテーラーになりたくて。それなら本場の技術を勉強してこいと、祖父が留学を勧めてくれたんです。ブリティッシュの仕立てならロンドンのサビル・ロウ、イタリアンなら、ミラノに行けって」

「順当だが、パリが選択肢にないのがつまらないな」

ふふ、と微笑んだ紀藤につられて、名生も微笑む。デザイナー志望だったら、迷わずパリを選んでいたかもしれない。でも、名生がなりたかったのは、祖父の跡を継げるような、本格派のテーラーだった。

「君のお祖父様も、ミラノで修行をしたのか？」

「いえ。祖父は若い頃に、サビル・ロウの老舗《しにせ》店で腕を磨いたと言ってました」

「そのせいか。君が昨日着ていたスーツは、お祖父様の仕立てだろう。質実な印象のあるオールド・ブリティッシュだった」

「あ、あれは俺が仕立てたんです」

「君が？　まさか。あれはプロの仕上がりだったぞ」

「本当です」

「……何……」

銀製のフォークを持つ手を止めて、紀藤は興味を引かれたように身を乗り出してきた。

「いったいいつ？　ミラノの学校の授業で仕立てたのか？」

「いえ、ミラノに留学する前、高校生の時に仕立てた服です。採寸は祖父にやってもらって、自分で型紙を作って、裁断して手縫いをして……。祖父にはまだまだだって言われたけど、俺はけっこう、気に入ってます」

祖父は基本のブリティッシュの仕立てを、繰り返し名生に教え込んだ。

ほんの少しの裁断の違いや、芯地の入れ方、縫い方の違いで、服の着心地はがらりと変わる。テーラーの誠意はそのまま仕立てた服に反映される、だから心を込めて作れ、と、祖父に何度も教えられたことを、名生は今も守っていた。

「お祖父様は、きっと君を厳しく育てたんだろう。昨日のスーツは、高校生が仕立てたものとは思えないくらい完成されていた。これでも俺は、人並み以上に服の目利きはできる方だ。君はやはり、優秀なテーラーの素養を持っている」

紀藤の言葉が、名生の頬を仄《ほの》かに赤くさせる。自分の仕立てた服を、彼にこんなに手放しで褒めてもらえるなんて、思ってもみなかった。名生は照れ隠しに、紀藤の真似をしてクロワッサンをコーヒーに浸して食べた。

(――昨夜は怒らせたけど、紀藤さんは、悪い人じゃないよな。俺の服を褒めてくれたり、ジュースを作ってくれたり……。この部屋まで俺を運んで、泊めてくれたし)

朝の陽光の中で見る紀藤は、白いワイシャツが精悍《せいかん》さを高めていて、思わず瞳を奪われてしまうくらい、大人だった。昨夜の出来事があっても、彼への名生の憧れは、少しも変わることがない。

(俺……紀藤さんに悪いことをした)

彼の迷惑も考えないで、自分の都合ばかり優先して、出資を頼んでしまった。

今になって冷静に考えてみれば、会ったばかりの名生に紀藤が出資をしてくれるはずがない。普通なら、昨夜のうちにホテルから叩き出されているか、一発二発殴られても仕方ないくらい、失礼なことをした。

「――紀藤さん。昨夜は、すみませんでした」

名生は両手を膝に置いて、静かに頭を下げた。祖父の店のことは諦めたくない。でも、紀藤に助けてもらおうとするのは、筋違いだ。

「紀藤さんに叱られて、自分が馬鹿なことをしたって、よく分かりました。ごめんなさい」

俯《うつむ》いたまま、きゅ、と瞳を閉じて、もう一度叱られることを覚悟する。すると、紀藤は椅子から立ち上がって、名生のすぐそばへと歩いてきた。

「素直な君に免じて、許そう」

くしゃくしゃ、と痛くしないように髪を掻き回されて、名生は訳もなく泣きたくなった。テーラーの技が染《し》み込んだ、威厳のある祖父の手とは違う、優しくて、包み込むように温かい紀藤の手。

(お父さんの手って、こうなのかな)

父親に頭を撫でられた記憶はない。でも、生きていたらきっと、父親は紀藤のような人だったんじゃないかと思う。ただの願望なのかもしれないけれど、名生にはそう思えて仕方なかった。

「昨夜は俺も、少し大人《おとな》げなかった。君にひどくしたことを反省しているよ」

「いいえっ、紀藤さんは、何も悪くありませんっ」

「君の大事なものを奪ってしまったのに？」

さっきまで名生の髪に触れていた紀藤の指が、パンくずのついた唇の端を、くすぐるように撫でていく。

(う、うわわっ…！)

名生の唇に、昨夜のキスの感触が蘇《よみがえ》ってきて、火がついたように熱くなった。忘れてしまいたくても、あの強引で乱暴なキスは、唇に深く刻み込まれてもう消すことはできない。

「もしかして、キスも昨夜が初めてだったか？」

「う…っ」

ファーストキスを言い当てられて、名生の顔が真っ赤に染まっていく。それを見た紀藤の顔が、俄《にわ》かに綻《ほころ》んだ。

「そうか。この場合、俺は得をしたと言うべきか」

「と、得って、何ですか」

うろたえる名生に笑いかけてから、ちゅ、と指についたパンくずを舐《な》め取って、紀藤はリビングの窓の方へと向き直った。

「君の唇を奪っておいて、朝食だけでは割に合わないな」

ガラス越しの陽光が彼の黒髪を透かして、きらきらと光彩を放っている。名生は軽い眩暈を覚えて、瞼を擦った。

「名生」

急に名前を呼び捨てにされて、名生はびくっと肩を震わせた。

「は、はいっ」

「俺と取り引きをしよう」

「——え？」

「君に仕立ての依頼だ。お祖父様にオーダーするものとは別に、俺にスーツを作ってくれ。君の腕前を、この目で確かめたい」

一瞬、名生は呆《ほう》けて、紀藤を見上げたまま動けなかった。突然のオーダーを命じた彼は、静かな瞳で窓の向こうを見ている。

「……紀藤さんのスーツを、俺が……」

どくんっ、と大きく鳴った心音を、名生は自分の耳で聞いた。

彼のスーツを仕立てたい。強いその思いが、名生の心を激しく揺さぶる。

見習いテーラーの分際で、客のオーダーを受けることは許されない。祖父もきっと叱るだろう。でも、一度湧いた衝動を抑えることは、名生にはできなかった。

（半人前の俺が、こんなことを考えちゃいけないのに。紀藤さんに俺のスーツを着てもらえたら、俺の夢が、叶うんじゃないかって、思うんだ）

祖父にも秘密にしている、名生の夢。父親に自分の仕立てた服を着てほしい。絶対に叶わないと思っていたその夢を、もし叶えてくれる人がいるとしたら、紀藤の他には誰もいない。

「本当に、俺が仕立てていいんですか……？」

「ああ。もちろん、正規の料金も払う」

「そんなの受け取れません！」

紀藤のスーツを仕立てることだけで、名生は十分だった。慌てて席を立った名生に、紀藤は逞しい背中を見せたまま、ゆっくりと首を振った。

「俺は君の客になるんだ。テーラーのプライドに見合うだけの額は、払って当然だ」

「テーラーのプライド――」

「君のお祖父様は昔、俺にそれを教えてくれた。君もいっぱしのテーラーを名乗りたいなら、この俺を満足させてみろ」

紀藤の挑発的に微笑む横顔を見て、はっ、と名生は胸を射貫《いぬ》かれた。

大会社のCEOらしい、傲慢《ごうまん》で、居丈高《いたけだか》で、それでいてひどく人の心を魅了する紀藤の命令。彼は名生を一人前のテーラーとして扱って、容赦なくプライドを煽《あお》っている。名生はそれに応えたかった。

「わ、分かりました…っ。一生懸命がんばります。ありがとうございます！」

ぞくぞく背中が震えてくるのを止められない。紀藤が嬉しそうに頷いてくれたことが、とても誇らしい。

（俺の夢が、本当に叶うんだ）

紀藤の白いワイシャツの背中が、まるで名生を鼓舞するように、目の前に聳えている。初めての客になってくれた彼に、名生はもう一度心の中で、ありがとう、と囁いた。

4

ロランのパーティーが開かれた日から、数日が過ぎた。クローズの看板を出している『テーラー・ハヤミ』の店内で、名生はストックしてあるスーツの生地をあれこれ物色しては、紀藤に見せるサンプルの用意をしていた。

「よかったじゃないか、ナオ！　タカヒロからオーダーを受けたなんて」

オフで遊びに来ていたロランが、名生の肩をばしばし叩いて喜んでいる。親友の遠慮のない祝福がちょっと痛い。

「ナオにもチャンスが回ってきたね。んーっ、お祝いのキスをあげる」

「ちょっ、ちょっとロラン、くすぐったいって」

「だって嬉しいんだもの。タカヒロがナオのことを、一人のテーラーとして認めたってことだろう？」

「う、うん。俺の腕を試したいって言ってもらえた。紀藤さんを後悔させないように、がんばらなきゃ」

名生は作業台の上に並べた何十種類もの生地を見て、うん、と大きく頷いた。

祖父が契約している生地元は、どこも確かな仕事をする信頼のできる織物メーカーだ。見舞いのついでに紀藤のオーダーを受けたことを伝えたら、祖父は勝手なことをするなと怒りながらも喜んでくれて、店にあるどの生地を使ってもかまわないと言ってくれた。

「これはサンプル用の生地？　すごい数だね」

「今度紀藤さんに見せに行くんだ。なるべくいいものを手に取ってもらいたくてさ、紀藤さんはどんな色や柄でも着こなせそうで、迷っちゃうよ。でも、すごく楽しい」

生地の風合いを確かめている名生の指先が、言葉の通りに弾んでいる。作業台に頬杖《ほおづえ》をついてそれを見ていたロランは、くすっ、と笑って流し目をした。

「それで？　あの夜タカヒロとは、どうなったの？」

「どうって……」

「彼はナオにチャンスを与えた。取り引きに応じたってことじゃない？」

「ち、違う、よ」

紀藤と名生の間に起きたことを、口で説明するのは難しい。一つだけはっきりしたのは、紀藤はロランが言ったような、メリットのためだけに取り引きをする人ではないということ。そうでなければ、彼は名生のことをあれほど怒ったりはしなかっただろう。

「あの日は紀藤さんに、部屋に泊めてもらっただけだよ」

「んー？　親友の僕をごまかす気？」

「別に。ロランが想像してるようなことは、何もなかった。ちょっと怖いけど、紀藤さんは優しい人だったよ」

名生は小さな嘘をついた。紀藤とキスをしたことは、ロランには黙っておこう。今もそのことを思い出すと、唇が熱くなってきて、どきどきしてしまうから。

「もうこの話はナシ。紀藤さんは俺のお客さんだ。お客さんの情報は、たとえロランにだって、ぺらぺら話せないよ」

「もう、ずるいな。すっかり一人前のテーラーの顔をしちゃって」

細くて綺麗な指先で、つん、とロランは名生の頬をつついた。同じ場所にまたキスをされそうになって、慌てて逃げる。

「さ、さあ、仕事仕事っ。ロラン、あの棚の一番上の生地を取ってくれる?」

「はいはい。バンビーノのナオは手が届かないもんね」

「誰がバンビーノだよっ!」

ついさっき一人前だと言ってくれたのに、子供扱いされて、名生は怒った。子猫のようにぽかぽかパンチを繰り出す名生を、ロランはしなやかな身のこなしであしらって、棚の上に手を伸ばした。

「うわあ…っ、ＫＣＧの総本社って、すごいビルだなあ」

地下鉄から地上へ抜けるエスカレーターに乗ってきた名生は、空に向かって伸びている超高層ビルを見上げて、感嘆した。幹線道路から続く扇状のロータリーは、ちょっとした公園のようになっていて、春先の今の季節の花が植えられている。

名生はコートの下のネクタイをきゅっと締め直してから、警備員が常駐しているＫＣＧ東京総本社ビルのエントランスをくぐった。今日は紀藤に生地のサンプルを見せる日だ。彼は多忙で店に立ち寄る時間がないらしく、オフィスの方に来てくれ、という連絡を昨日もらった。

「いらっしゃいませ」

受付の美人な女性社員から、にこやかに声をかけられる。場慣れしていない名生はどきんとした。

「こ、こんにちは。『テーラー・ハヤミ』の速水という者ですが、紀藤貴大さんは、こちらにいらっしゃいますか」

「はい。紀藤からオフィスへご案内するよう承っております。少々お待ちください」

すぐに紀藤の秘書だという男性社員がやってきて、名生をエレベーターホールへと案内してくれる。一階のロビーにはＫＣＧで働く社員たちが行き交い、擦れ違うどの人の背中にも自信が溢れていて、いかにもエリートな雰囲気だ。

（こんなすごい会社、紀藤さんとの約束がなかったら、絶対入れなかっただろうな）

重役のオフィスが並んだ特別なフロアは、会社というよりはホテルのような落ち着いた佇《たたず》まいだった。通路の突き当たりにある部屋のドアの前で、秘書が立ち止まる。

「――紀藤ＣＥＯ。速水様をお連れしました」

ノックの返事があったかどうか、緊張気味の名生にはよく聞こえなかった。サンプルが入ったバッグの持ち手を握り締めながら、初めて訪れた紀藤のオフィスへと足を踏み入れる。

（あ…、いい匂いがする）

覚えのあるそれは、紀藤がいつもつけている香水の匂いだった。室内は大きなＬ字形の造りになっていて、ドアを入ったところに応接用のソファセットがある。秘書が一礼して部屋を出るのを待ってから、名生は奥の方へと進んでいった。

「失礼します。紀藤さん――？」

ダークブラウンのクラシカルなインテリアに囲まれたオフィスに、紀藤はいた。パソコンやファイルで埋まったデスクに上半身を預け、顔を突っ伏すようにして、彼は動かないでいる。

「え……っ？」

まさか倒れているのかと思って、名生は慌ててデスクに駆け寄った。紀藤に顔を近づけてみると、すうすう寝息が聞こえる。具合が悪い訳ではなさそうだ。

「転寝《うたたね》してる。疲れてるのかな」

名生がそばで呟いても、彼は全然起きる気配がない。

ふと見ると、スリープ状態になったパソコンの画面に、ＫＣＧのロゴが行ったり来たりしていた。開いたままのたくさんのファイルには、フランス語でびっしり書かれた書類や、名生には見ても分からないグラフや表が綴《と》じてある。

（仕事、本当に忙しいんだろうな。よく眠ってる）

いつも立派で、紀藤の隙《すき》のない姿しか見たことがない名生は、彼の寝顔が何だか微笑ましかった。でも、ワイシャツ姿で転寝をするのは、いくら空調が利いていても体に悪い。

「何か掛けるもの――」

名生はきょろきょろと室内を見回して、馬の飾りがついた洒落たポールハンガーに、紀藤の上着が吊ってあるのを見つけた。とりあえずデスクの足元に自分のバッグを置いて、その上着を手に取る。

紀藤を起こさないように注意して、名生は椅子の肘掛《ひじか》け越しに、そっと上着を掛けようとした。すると、無防備な彼の背中が視界に飛び込んできて、つい釘付けになってしまう。

もういい加減、慣れてもおかしくないのに。紀藤の背中を目にするたび、名生は胸が騒いだ。彼の白いワイシャツが、記憶の中の父親が着ていたワイシャツと重なり合って、名生をほんの小さな子供に戻してしまう。

（お父さんのおんぶ、大好きだった）

父親に甘えた記憶は、たったそれだけしかない。母親のように、まったく記憶が残っていないなら諦めもつくのに。

思い出の断片を残して逝《い》ってしまった父親に、もう一度会いたい。その思いに取り憑《つ》かれた名生の指先が、まるで糸に操られるように紀藤の背中へと伸びていく。

ふ、とシャツ越しに触れた指を、名生はどうすることもできなかった。ロイヤルオックスの肌触りのいい生地から、紀藤の確かな温もりが伝わってくる。それに煽られるように、名生の胸が、とくん、とくん、と鼓動を速めた。

（もう少し、だけ。ごめんなさい）

名生は心の中で謝りながら、今度は指ではなく、掌で触れてみた。触れている時間が長くなればなるほど、もっとこの背中に触れていたくなる。

とうとう名生は我慢ができなくなって、紀藤に覆い被さるようにして、肩甲骨に頬をくっつけた。

（すごく、あったかい）

こんなことをしたら、紀藤が目を覚ましてしまう。背中フェチにもほどがあると、ロランに見られたらきっと笑われる。それでもかまわない。父親そっくりの紀藤の背中に甘えたくて、どうしても甘えたくて、名生は頬を小さく擦りつけた。

「――お父さん――」

抑えられなかった衝動が、囁きになって唇から零れ落ちていく。その時、ぴく、と頰の下が震えたことに、名生は気づかなかった。

「人違いだ」

低い声の呟きが聞こえる。背中の温もりに夢中になっていた名生は、反射的に飛びのいた。どうして。眠っていたはずの紀藤が、デスクに伏せていた顔を名生へと向けている。

「き、きっ、紀藤さんっ、起きていたんですか⁉」

「君に起こされた。背中がやけに温かいと思ったら……何をしていたんだ、君は」

「すみません！　つ、ついっ」

「つい？　説明になっていないぞ」

寝起きの凄《すご》んだ声音で言って、紀藤は後ずさった名生の腕を摑んだ。力任せに引っ張られた体が、あっという間にデスクの上へと縫い止められる。

名生が逃げられないように、肩と腕を押さえ込んで、紀藤は怖い顔で見下ろしてきた。パーティーの夜と同じ、至近距離にある彼の瞳が、じっと名生の瞳を覗き込んでいる。

「すみませんでした！　本当にごめんなさい！」

名生は顔じゅうを真っ赤にして、泣き出しそうになりながら謝った。恥ずかしさで頭の中がぐちゃぐちゃになって、紀藤にただ許してほしくて、言わなくてもいいことまで言ってしまう。

「お、俺…っ、お、男の人、の、せ、背中がっ、す、好きなんですっ」

紀藤の瞳が、一瞬だけ大きくなった。

「変わった趣味だな」

「と、友達は、俺のことを背中フェチだって――」

自分で自分の恥の上塗りをしてどうするんだろう。混乱している名生に、紀藤はもっと混乱させるようなことを言った。

「その背中フェチの君は、好みの背中の男なら、誰にでもああやって甘えるのか?」

「そんなことしませんっ!」

叫んだ拍子に、感情が高ぶって、名生の瞳から涙が零れ落ちた。甘えたいのは、紀藤だから。紀藤の背中が、記憶の中の背中と重なるからだ。

「紀藤さんの、背中が、おと――父に、そっくり、なんです」

「俺の背中が?」

「はい……っ。俺、両親がいなくて、父の背中しか覚えてなくて、そ、それで……っ、紀藤さんの背中を見ていたら、触りたくなって」

甘えたくてたまらなかった、と、最後は消え入りそうな声で打ち明けた。涙の向こうの紀藤の顔は、無表情でますます怒っているように見える。

(もう駄目だ。完全に気持ち悪がられた。馬鹿、俺の馬鹿。何で我慢できなかったんだ)

ぐすっ、と洟《はな》を啜《すす》った名生を見下ろしたまま、紀藤は短い溜息を吐《つ》いた。呆《あき》れたのとも違う、怒っているのとも違う、彼の唇が複雑な形に歪《ゆが》んでいく。

「一度でもキスを交わした相手に、お父さんと呼ばれたのは初めてだ」

紀藤に掴まれたままの、肩と腕が痛い。ぎりぎりと圧迫を増す、彼の握力に耐えられなくて、名生はまた泣いた。

「ひくっ。もうしません。許して、ください」

「——何故だ。君が俺に、父親を求めているのかと思うと、むしょうに悔しい」

「紀藤さん……？」

いったい彼は、何が悔しいんだろう。それを知りたくて、一心に紀藤を見上げた名生の瞳を、黒い影が覆った。一瞬、視界が真っ暗になったと思ったら、涙で濡れた目尻に温かいものが触れる。

「え……っ？」

紀藤の唇が、名生の涙を吸い取るようにしながら、目尻を拭っていく。名生は身動きさえ忘れて、呆然とされるがままになった。

彼がしていることの意味が分からない。ぼやけた頭の端で、紀藤の唇の動きだけが、やけに鮮明に伝わってくる。目尻からこめかみ、頬へと触れて、名生の涙を全部取り去ったそれが、次の場所へと行き着いた。

「名生」

それは紀藤の声だったのか、記憶にはない父親の声だったのか、名生に聞き分けることはできなかった。

「…っ！」

火のように熱い唇に、唇を奪われる。突然過ぎて、自分の身に何が起こっているか把握できない。吐息とともに口中へと潜り込んできた紀藤の舌先が、名生をやっと正気にさせた。

「んっ！　んうっ、や――！」

デスクに後頭部を打ちつけながら、名生は激しくキスに抗った。どうして、何故、と、繰り返し脳裏に浮かぶ疑問符が、乱暴な紀藤の舌に蹴散《けち》らされていく。

「んんっ、ん……っ！　んくっ」

巧みに動くそれに、自分の舌を搦め捕られて、名生は気が遠くなった。痺れたように動けなくなっていく体を、力強い二本の腕に抱き締められる。

「逃げるな」

キスを解いた僅《わず》かな隙に、紀藤はそう囁いた。二人分の荒れた息遣いが、静かなオフィスに響いている。苦いものを飲み込むように、紀藤の喉が重たく上下するのを、名生は震えながら見ていた。

「俺は君の父親代わりをするつもりはない」

「……っ」

「そんな綺麗なものにはなれない。――なりたくもない。名生。今君の目の前にいるのは誰なのか、ちゃんと見ろ」

「きとう、さ」

「そうだ。触れられもしない思い出より、もっと確かなものを、君に教えてやる」

逃げる間もなく、もう一度唇を塞がれて、さっきよりも暴れる舌に歯列を抉《こ》じ開けられた。

紀藤が舌を動かすたび、くちっ、ぐちゅっ、と口腔で水音が鳴って、だんだん理性が奪われていく。キスなんてしたくないのに。嫌なはずなのに。紀藤の熱に溶かされたように、名生の舌も、唇も、彼と一つに合わさって離れられない。

「……ん、…ふっ、……んう――」

舌先を吸い上げられ、紀藤の熱い口中へと導かれても、名生はもう抗うことができなかった。パーティーの夜の、ただ暴力的だったそれとは違う。紀藤の体温を直に感じるキスが、こんなに濃密で、どうしようもなくいやらしいものだったなんて、知らなかった。

紀藤が教えた、体じゅうに走る甘い痺れが、名生にキスのことしか考えられなくさせていく。絡め合った舌と舌が気持ちいい。いけないことなのに、もっと、してみたい。不器用に伸ばした舌先に、ちりっ、と紀藤の歯が当たって、電流が名生の下腹部にまで広がっていく。

（熱い、――体が、変だ）

名生は紀藤のシャツの胸元を握り締めて、反応し始めている自分の中心を持て余した。つきん、と張っていくスラックスの布地に、紀藤が逞しい腰をあてがってくる。彼の同じ場所も熱く、硬く膨らんでいて、名生は頭が真っ白になった。

「ん……っ、あ、う……っ」

ぐっ、ぐっ、と、追い詰めるように動く紀藤の腰に、名生は無意識に応えていた。薄いスラックスを通して、紀藤と競うように擦り合わせた名生のそこが、痛いほど欲情を訴えている。

（いきたい。直に、触ってほしい）

終わらないキスに唇を奪われ、声を出すことはできなくて、名生は再び潤んできた瞳を瞬《しばた》かせた。距離が近過ぎて紀藤の顔は見えない。彼の背中も。

ただ、燃えるように熱い体温を持つ彼が、名生の父親でないことだけは確かだった。

「――失礼します。お茶をお持ちいたしました」

コツコツ、と前触れもなくノックの音が聞こえ、ドアの向こうから秘書が声をかける。

「…っ！」

急に現実に引き戻されたように、二人は体を離した。行き場を失った名生の欲情が、どくんっ、どくんっ、と鼓動に変わって、心臓を痛いほど打ち鳴らす。

「あ、あの…、俺……っ、何をして……っ」

ここが紀藤のオフィスで、自分がデスクの上にいることを、名生はようやく思い出した。名生の頬から血の気が引いて、みるみる青くなっていく。いっときの衝動に翻弄《ほんろう》されて、理性をなくしていた自分のことが信じられない。

「すみません、かっ、帰ります！」

「名生――」

何に謝っているのか分からないまま、名生は紀藤のもとから逃げ出した。デスクを離れる時に、書類が床に散らばったのを、拾う余裕なんかなかった。

（何をした。俺、紀藤さんと、何てことを）

彼の方を振り返らずに、ノットの乱れたネクタイを握り締めながら、オフィスを後にする。慌てて通路へ駆け出していく名生を、ドアの前で擦れ違った秘書が、びっくりしながら見ていた。

「はっ！　はあ…っ！　はっ」

飛び乗ったエレベーターが降りる間に、激しく息を吐き出しながら、自分の唇を拭う。手の甲で拭っても拭っても、まるで紀藤の一部がそこに溶けて混ざってしまったかのように、キスの名残《なごり》が消えてくれない。

一階の受付を素通りして、名生は来た時と同じ警備員に見送られながら、ビルを出た。広いロータリーを地下鉄の駅へと向かう途中で、生地のサンプルを入れたバッグを忘れてきたことに気づいた。

「あ——」

縺《もつ》れそうになっていた足を止めて、ビルの方を振り返って見る。紀藤のオフィスは何階だったろう。さっきまでいた場所の階数を、名生はまったく思い出せなかった。

「……最悪……」

高層ビルの壁面に並ぶ、規則的なガラスの窓を見上げながら、名生は呟いた。唇と心臓がくっついたように、いつまでもどきどきとそこが疼《うず》いている。

バッグを取りにいく勇気がなくて、名生は後ずさるようにしてロータリーを離れた。冷たい水のあるところへ行きたい。顔を洗って目を覚ましたい。名生はまだ震えている唇を手で隠しながら、地下鉄へ通じる長いエスカレーターを駆け下りた。

5

リビングの窓を開けると、雪でも降り出しそうな、どんよりとした雲が広がっている。屋外の肌寒い空気に、ぶるっ、と肩を震わせながら、名生は掃除機のコードをコンセントに繋いだ。

「名生ちゃん、おばさんお仕事に行ってくるから、出かける時は戸締りお願いね」

「はい」

「ごめんね、家のことをいろいろ手伝ってもらっちゃって。とっても助かるわ」

「ううん。居候《いそうろう》させてもらってるから、掃除くらいしなきゃ」

「そんなこと気にしなくていいのに。今日は名生ちゃんの大好きなカレーを作るわね」

「やった。行ってらっしゃい」

身支度《みじたく》をして忙《せわ》しく出て行く叔母を、玄関まで見送る。早くに両親を亡くした名生を、子供のいない叔母夫婦は、今も変わらずかわいがってくれる。

名生がミラノへ留学した後、自宅を手放した祖父は、都心から離れた住宅街にあるこの家で、叔母夫婦と同居していた。

「うー、寒っ。東京の三月ってこんなに寒かったっけ……」

開け放った窓から、ぴゅうぴゅう風が入り込んできて、掃除機のパイプを持つ手がかじかむ。体を温めるのを兼ねて、名生はリビングからキッチン、バスルームへ続く廊下を、隅々まで綺麗に掃除した。

それが済んだ頃、タイミングよく洗濯機のブザーが鳴る。家事でも何でも、今は休みなく体を動かすのが一番いい。何もしないでいると、思い出したくないことを思い出してしまう。

(あれから紀藤さんに会ってない)

洗濯機に入っていた、脱水されたばかりの叔父《おじ》のワイシャツを見て、名生は溜息をついた。あんなに恥ずかしいことをしておいて、平気な顔で紀藤に会えるほど、名生の心臓は強くない。彼に見せるつもりだった生地のサンプルも、取り戻しに行けないままだ。

(……もう最低だ。どうしてあんなことをしたんだろう)

紀藤に無理矢理組み敷かれて、暴力を振るわれたというなら、まだ説明がつく。でも、あれは暴力じゃない。キスだ。

紀藤のキスは、ロランが頬によくやる親友のキスとは違う。唇と舌で名生を溶かして、夢中にさせて、紀藤のこと以外に何も考えられなくしてしまう。

(まだ——あの時の感触が消えない)

名生は洗濯機のある脱衣所の鏡に、自分の顔を映した。頬は青白く硬直しているのに、唇だけが赤い。まるでそこに欲情の名残があるように、名生の意思を無視して唇が震え出す。

（紀藤さんは前に、テーラーのプライドを見せろって、言ってくれたのに。どうして俺にキスなんかするんだ）

洗面台のシンクの端を握り締めて、名生は唇を嚙んだ。あの時は逃げ出すことだけで精一杯で、後先なんか考えられなかった。

せっかく夢が叶うと思ったのに。紀藤のスーツを仕立てたいのに、祖父の店にも行かずにこうして逃げている、自分の意気地《いくじ》のなさが嫌になる。

でも、名生が一番分からないのは、紀藤にひどくされても、彼を嫌いになれない自分自身のことだった。本気で紀藤を拒むつもりなら、こっちからオーダーを撥《は》ねつけて、もう二度と関わりたくないと彼に言えばいいのに。それで全部解決するはずなのに、心の底から彼を拒絶することができない。

「――仕方ないだろ。あの人は、じいちゃんの大事なお得意様なんだから」

苦し紛れに呟いた言葉は、ただの言い訳に過ぎないと、名生は自分で気づいていた。紀藤を突き放せないのは、彼に憧れて、強く惹かれているからだ。父親にそっくりな、あの背中の持ち主に。

（俺には、紀藤さんとお父さんが重なって見える。あの人のオーダーを断ることなんて、できないよ）

このまま紀藤を避けて、逃げ続けていたら、名生は一人前のテーラーにはなれず、ただのプライドのない子供になってしまう。でも、あんなキスを交わした彼と、どうやってもう一度向き合えばいいのか、その方法が分からない。

名生が頭を抱えていると、ふと携帯電話が鳴った。ジーンズのポケットから怖々それを取り出して、液晶を見てみる。『紀藤さん』の表示に、名生はびくっと震えた。

「……っ」

こんな風《ふう》に、紀藤から電話がかかってくるのは、あのキスからもう何度目だろう。そのたびに名生は萎縮《いしゅく》して、体を固くする。

すぐに出ろ、と頭は命令しているのに、指が動かない。鳴り続けている着信メロディが、名生の心臓のリズムを乱していく。

紀藤といったい、どんな風に話したらいい。何もなかったように振る舞いたくても、名生はそれができるほど大人でも、器用でもない。

結局、迷いを払うことができないまま、名生は電話をポケットに戻した。洗濯物を干して、無理矢理家事をこなしている間に、着信メロディが途切れる。

——ピルピルピル。

すると、今度はリビングの電話が鳴り出した。紀藤がこの家の番号を知っているはずがない。名生は短い溜息をつきながら、電話の子機を持ち上げた。

「はい、もしもし」

電話の向こうが、がやがやと騒がしい。名生は不審に思って耳をすませた。

『東京清進会病院です。速水昌一さんのご容体が急変しました。ご家族の方にこちらへいらしていただきたいのですが』

名生は大きく瞳を見開いて、子機を持つ手に力を込めた。早口で告げられた祖父の危機。背中を伝っていく冷たい汗を感じながら、名生はいてもたってもいられずに、子機に向かって叫んだ。

「すぐに行きます！」


子供の頃から、病院は好きな場所じゃない。やたら白い壁や廊下がのっぺらぼうに見えたり、消毒液の独特の匂いが鼻について、できるなら世話になりたくない場所だった。

「じいちゃん……っ」

ＩＣＵ《集中治療室》と書かれた扉の前で、名生はぜえぜえと息を切らしながら、顎の先に垂れる汗を拭った。

電話をくれた病院の担当者は、祖父が病室で血を吐いて、意識を失ったと言っていた。ＩＣＵの銀色の扉は、名生を固く阻んで、祖父の顔を見ることさえ許してくれない。

（どうして。昨日見舞いに来た時は、顔色もよかったのに）

少しずつ病状はよくなっていると思っていた。すぐに退院できると言って笑っていた。病状が悪化していたことを、もし祖父が隠していたのだとしたら、頼りにならないふがいない孫の自分が情けない。

「くそ……っ！」

いつも、いつもだ。最初に倒れた時も、今日も、祖父が苦しい思いをしている時に、名生はそばにいてあげることができなかった。暢気《のんき》に家事をやっているくらいなら、病室で祖父を看《み》ていればよかった。

「すみません、どいてください！」

慌ただしい足音に振り向くと、回診の時によく会う看護師が、顔の半分までマスクで覆った衛生衣を着てやってくる。ＩＣＵへ入ろうとしている彼女に、名生は咄嗟に声をかけた。

「あ、あの…っ、うちのじいちゃんは」

「今、先生が治療にあたっていますから。そちらに掛けて待っていてください！」

彼女が開けた扉の向こうに、自分も一緒に連れて行ってほしかった。ＩＣＵ内に飛び交う主治医や看護師たちの声と、祖父の体に繋がれた、警告音を鳴らしている計器。事態が切迫していることが分かる。

「じいちゃん！」

再び閉まった扉を、両手の拳で叩いて、名生は取り乱した。

「じいちゃん、じいちゃん！　助けてください！　じいちゃんを……っ、助けて！」

祖父は病気になんか負けない強い人だと知っている。大切な家族が、自分の前からいなくなるなんて、考えたくない。

「じいちゃん――！」

自分の声が涙で震えていることに、名生は気づけなかった。一番考えたくない想像が頭の中を駆け巡って、何度も首を振って打ち消しても、最悪の瞬間が思い浮かぶ。

「……いや…っ、いやだ……」

このまま、祖父に何一つ孝行ができないまま、一人で残されるのは嫌だ。テーラーの技術も、プライドも、まだ教えてほしいことがたくさんある。祖父の顔が見たい。手を握ってあげたい。祖父と言葉も交わせずに、ただ祈ることしかできないなんて。

名生は両手で顔を覆って、嗚咽《おえつ》を漏らした。止まらない涙で呼吸を乱しながら、がくん、とその場にへたり込む。

「危ない」

床に崩れ落ちようとしていた体が、不意に重みをなくして軽くなった。背中側から、何か温かくて、大きなものに支えられている。

「……え……」

名生が泣きながら振り返ると、そこに紀藤がいた。

「なん、で……?」

「君が電話に出ないから、ここにくれば会えるだろうと思った。そんなに青い顔をして、大丈夫か?」

「……へ、平気、です」

名生は弱々しい手で、紀藤の体を押しやろうとした。今は祖父のことで頭がいっぱいだった。

「嘘をつくな。今にも倒れそうじゃないか」

「俺は大丈夫ですから…っ、離して、ください……!」

「いいや、離さない。泣いている君を放ってはおけない」

「紀藤さん――」

抗ってもびくともしない大きな手に、両腕を摑まれて、名生は泣き声を飲み込んだ。紀藤が強張《こわば》った顔をして、ICUの扉を見つめている。

「先に病室を見舞ったんだが、無人だった。――君のお祖父様は、この中か?」

名生の耳の端で聞こえた彼の心音は、祖父を心配して乱れていた。紀藤が自分と同じ気持ちでいてくれることを知って、張り詰めていた名生の心の箍《たが》が外れた。

「……はい……っ。じいちゃんは、病室で意識をなくして、ここに運ばれたって」

ぼろっ、と、名生の瞳から大粒の涙が溢れ出る。泣き止《や》みたいのに、紀藤に弱いところを見せたくないのに、後から後から涙が頰を伝って、名生の顔はぐしゃぐしゃになった。

「血を、いっぱい、吐いたって。俺、そばにいなくて、じいちゃんは、一人で、苦しんで」

「気をしっかり持つんだ。泣くんじゃない」

「すみま、せ」

「君の他にご家族は？　誰もいないのか？」

「お、叔母と、叔父は、仕事に出てて、他の親戚にも連絡したけど、遠くて――」

「……そうか。君は一人で、お祖父様を守っていたんだな」

違う。名生は何もしていない。ただ扉の前で手をこまねいて、祈ることしかできなかっただけだ。

「紀藤さん、じいちゃ……、じいちゃんに、何かあったら、俺」

「やめるんだ。今はそんなことを考えてはいけない」

「……だって……っ」

涙に濡れた頰を、紀藤の指先が拭う。泣き過ぎて、ひくっ、と喘《あえ》いだ喉が痛い。感情を抑えることができない名生を、紀藤はそのまま胸に抱き寄せ、両腕で包み込んだ。

「名生」

「う……、ふう……っ、きとう、さ、ん」

彼が着ていたスーツの襟に、名生の涙が吸い取られていく。この強い腕に支えられていなければ、立ってさえいられなかった。

「少しでいい。君の不安を、俺に預けろ」

しゃくり上げる名生を抱き締めながら、紀藤が囁く。この間は名生をデスクに縫い止めたはずの彼の手が、優しく背中を摩《さす》り、髪を撫でて、不安でいっぱいの心を慰めてくれる。

「大丈夫だ。君のお祖父様が、大切に育てた君を一人で残したりするものか」

何の根拠もない、気休めにしかならないはずの言葉が、名生の耳の奥にこれ以上ないほどありがたく響いた。誰かにそう言ってほしかった、安心させてほしかったんだと、名生は今やっと分かった。

(紀藤さんは、怖い人だけど、いつも俺のことを救ってくれる)

あのパーティーの夜もそうだった。ロランの悪口を言っていた招待客と揉めていた時、紀藤が現れて止めてくれた。自分を差し出して取り引きをしようとした時も、名生を叱って諭《さと》してくれた。

「紀藤さん……、紀藤さん……っ」

まるで彼の名前以外の言葉を忘れてしまったように、名生は何度もそう呼んで、紀藤にしがみついて泣いた。広くて逞しい胸に顔を埋めたまま、いったいどれくらい時間が経っただろう。紀藤は名生が泣き止むまで、離さないでいてくれた。

ICU・集中治療室

電話にも出ないで、ずっと避けていたくせに、紀藤がそばにいてくれることが、嬉しい。彼の心臓の音を聞き、間近で息遣いを感じていると、名生の不安がだんだん和らいでいく。

二人で祖父の無事を祈る、長い沈黙が唐突に終わりを告げた。ＩＣＵの扉が開いて、中から主治医が姿を見せた。

「先生……！」

紀藤が腕を解くのと同時に、名生は弾けたように主治医へと駆け寄った。マスクを外した汗だくの顔には、微かに笑みが浮かんでいる。

「速水さんの意識は戻りました。もう大丈夫ですよ」

「……ほ、本当ですか――？」

「先日切除した部位の周縁部の機能低下と、出血量が多かったため、一時的なショック状態に陥ったようです。ＩＣＵで経過を見ますので、しばらく面会はできませんが、安心してください」

「よか、た。ありがとう、ございました……っ！」

緊張が解けて、がくん、と名生は頽《くずお》れた。紀藤にもう一度抱き留められ、通路の端の長椅子へと運ばれる。

「君のお祖父様は強い人だな。助かってよかった」

「はい……っ」

「君も、よく一人で耐えた」

長椅子の隣から、紀藤の手が伸びてきて、名生の肩を抱く。強い力に引き寄せられるままに、名生はぐったりと彼に凭《もた》れて、また潤み始めた瞳を閉じた。

（ううん。俺は、一人じゃなかった。紀藤さんが、一緒にいてくれたから）

名生は紀藤の上着の裾を手探りして、ぎゅ、と握り締めた。ありがとう、という簡単な言葉では、彼に今の気持ちを伝えきれない。

「――失礼いたします。紀藤ＣＥＯ」

どこかから紀藤を呼ぶ声が聞こえて、彼の手が名生の肩から離れた。赤く腫《は》れた瞼を開けてみると、通路の向こうからスーツ姿の男が一人、大きな紙袋を携えて歩み寄ってくる。見たことのある人だ。誰だったろう、と小首を傾げる名生に、紀藤は耳打ちをした。

「俺の秘書だ」

「あ…、この前、紀藤さんのオフィスで会った――」

「どうした、夏目《なつめ》」

「申し訳ありません。そろそろお出になりませんと、次のご予定が詰まっております」

「もうそんな時間か。……仕方ない。見舞いはまた今度にしよう」

長椅子から腰を上げた紀藤は、ずれていたネクタイのノットを整えて、黒髪を一度掻き上げた。たったそれだけのことなのに、さっきまで名生を抱き締め、励ましてくれていた彼とは、雰囲気ががらりと変わる。

瞬《また》く間にCEOの顔になった紀藤は、秘書が持っていた大きな紙袋を受け取って、それを名生に手渡した。

「君の忘れものだ」

「え……？」

「この間、オフィスに置いたままになっていた。もう大事な商売道具を忘れるなよ」

それだけを言って、紀藤は通路を歩き出した。振り返ることもなく、長い足でどんどん進んでいく彼の後ろを、秘書が名生に一礼してからついていく。

名生は急いで立ち上がって、二人の後ろ姿に深く頭を下げた。彼らが通路を曲がって見えなくなってから、紙袋の中身を確かめる。

「俺のバッグだ——」

紀藤のスーツを仕立てるために、生地のサンプルをたくさん詰めたバッグ。彼はこれを返そうとして、何度も電話をかけてくれたんだろうか。

一方的に避けていた名生に比べて、紀藤は大人で、律儀《りちぎ》で、優しい。バッグを開けてみると、一番上に重ねてあったダークグレーの生地に、メモ用紙が挟んである。

『俺のオーダーには、このシャドーストライプの生地を使ってほしい。質感もダークグレーの色合いも好みだ。いいサンプルをありがとう』

メモの最後は、紀藤のファーストネーム『貴大』のTで終わっていた。名生が選んだサンプルの中から、気に入った生地を見つけてくれたらしい。彼の期待に応えられたことが、名生は嬉しかった。

「紀藤さん。——分かりました。この生地でオーダーを承ります」

名生はバッグの口を閉じて、紙袋ごと胸に抱いた。早速明日は店に行って、型紙を作る工程に入ろう。それを元に、生地にチョークでマーキングをして、裁断して——。

「じいちゃん。俺の初めての仕事だよ。俺がんばるから、じいちゃんもがんばろう」

ＩＣＵの中の祖父に、そう話しかけながら、名生は自分を励ました。いつまでも泣いていてはいけない。名生の頬に、もう涙の痕《あと》はなかった。

6

ＩＣＵで集中治療を受けた祖父は、数日で元の病室へ戻ることができた。一時は意識を失っていたものの、今は少しの時間なら話をすることもできて、病状は落ち着いている。

親戚や知人が、入れ代わり立ち代わり見舞いに訪れるのを、名生《なお》は叔母《おば》と二人で忙しく応対した。中には祖父のお得意様もいて、名生がテーラー見習いをしていることを知ると、『二代目』と呼んで応援してくれる人もいた。

「芳子《よしこ》おばちゃん、俺は『テーラー・ハヤミ』の二代目じゃなくて、三代目だよね？」

病院から駅に向かう道すがら、名生は隣を歩いている叔母に尋ねた。二人とも、病室に飾り切れなかった見舞いの花束を持っている。

「いいえ、二代目が正解よ。昌輔《しょうすけ》兄さんはテーラーの仕事をしていないもの」

「えっ？」

昌輔とは名生の父親の名前だ。父親もテーラーだったと思い込んでいた名生には、びっくりするような話だった。

「あら、名生ちゃん知らなかったの？」

こくこく頷《うなず》く名生に、父親の実の妹にあたる叔母は、名生が知らない昔のことを話してくれた。

「子供の頃から、昌輔兄さんはお店を継ぐ気はなかったみたい。おばさんはおじいちゃんに裁縫を教えてもらったけれど、兄さんは針仕事はちっとも。そのせいかしらね、おじいちゃんとはしょっちゅうケンカをしてたわ」

祖父と父親が不仲だったことは、名生も知っている。でも、何が原因で反目し合っていたのかは分からない。テーラーにならなかった父親と、祖父のそばで自然とテーラーになりたいと思うようになった名生とは、正反対の考えを持っていたらしい。

「名生ちゃんが中学生の頃だったかしらね、テーラーを継ぐと言ってくれたのは。おじいちゃんは本当に嬉《うれ》しかったと思うわ。お店を何とか残そうとして、きっとがんばり過ぎたのね」

「おばちゃん……」

「早くよくなってくれるといいけれど。――お店、いったいどうなるのかしら」

呟《つぶや》くような叔母の声が、真昼の歩道にぽつりと落ちた。店の融資金を回収したがっている銀行の人間は、今のところ沈黙している。でも、またすぐに祖父のところにやって来て、店を売り払えと言い出すだろう。

(まだ、根本的なことは何も解決していないんだ)

暗くなりそうな気持ちを振り払って、名生は俯《うつむ》き加減だった背筋を伸ばした。今の名生にできることは、自分に託された紀藤《きとう》のオーダーに、一生懸命に取り組むことしかない。

帰宅する叔母と駅で別れて、地下鉄で銀座まで出向く。閉店中の『テーラー・ハヤミ』は、今日も街の風景にひっそりと溶け込んでいた。

「人気《ひとけ》がないから、店の中が寒いな」

首の後ろをぶるっと震わせながら、室内の明かりだけをつけて、経費節減のためにエアコンをつけるのは我慢する。『テーラー・ハヤミ』のユニフォームである、スラックスにウェストコート、そしてワイシャツにネクタイという格好に着替えて、名生は綺麗《きれい》に手を洗った。この格好になると、自分が一人前のテーラーになったような、誇らしい気分になる。

作業台の上に、紀藤のスーツの生地を広げて、名生は自分の道具入れから鋏《はさみ》を取り出した。仕立ての工程の中で、一番緊張するものは何だと聞かれたら、裁断だと答えるテーラーは少なくないと思う。名生は息を止めて、型紙の形にマーキングした生地へと、ゆっくり鋏を入れた。

シャキ、シャキ、という小気味のいい音が、作業部屋に静かに響く。ほどよい厚みを持つ生地が、手入れを欠かしたことのないその鋏によって、ただの布から服のパーツへと変わっていく。一つのパーツを裁断するごとに、名生は深呼吸を繰り返した。

（いい生地だ。適度な張りと光沢があって、触ると肌にしっとり馴染《なじ》む。紀藤さんは自分のことを目利きだって言ってたけど、本当だったんだ）

紀藤が選んだのは、彼の大人の佇《たたず》まいを引き立たせるシックな生地だ。海外のトップメーカーが作ったブランド生地ではなく、原毛の買い付けや機織《はたおり》、染色から製品化まで自社でこだわり抜いて作った、国内メーカーのものだった。

「――よし。裁断、終わり」

ふう、と一息ついて、道具入れに鋏を戻す。余分な生地や、小さな糸くずを綺麗に取り除いて、名生は裁断したものをパーツごとに整理した。

それが終わると、すぐに仮縫いのための芯地を作る作業に入っていく。規模の大きな店になると、フィッターという仮縫い専門の職人がいるけれど、この店ではテーラーが一人で全ての作業をするのが基本だ。

「このスーツで、紀藤さんは仕事をしたり、パーティーに出たりするんだ。気合を入れて仕立てなきゃ」

自分が仕立てたスーツを、紀藤が着ている姿を想像しながら、名生は作業に没頭した。学校の授業よりずっと集中していて、一日中生地と向き合っていても、お腹《なか》が空《す》かないくらいだった。

仮縫いの工程には、名生の腕だと何日もかかる。紀藤に認めてもらいたい一心で、名生はそれから毎日店に通って、丁寧に作業を進めていった。

一週間後。『テーラー・ハヤミ』の年季の入ったドアに、今日も春風とは呼べない冷たい風が吹きつけている。

仮縫いのスーツを着せたマネキンを見つめながら、それの完成を待っている人に、名生は緊張した顔で電話をかけた。

「――もしもし、紀藤様でしょうか。お世話になっております、『テーラー・ハヤミ』です」

『君か。社会人のような挨拶ができるとは、優秀だな』

笑みを含んだ紀藤の軽口が、名生の緊張を解《ほぐ》してくれる。かしこまった電話はまだ経験不足で、祖父のように滑《なめ》らかに言葉が出てこない。

「この間は、病院でご迷惑をかけてすみませんでした。あの、仮縫いが終わったので、一度紀藤さんにフィッティングをお願いしようと思って……」

『ああ、もうそんなところまで進んだのか。今日の夜なら時間を作れる。君の都合は？』

「はいっ。いつでも平気ですっ」

『いい返事だ』

くすっ、とからかうような笑い声が聞こえる。名生は何だかくすぐったくなって、赤くなった鼻を擦《こす》った。

『本当はそちらに出向きたいんだが、打ち合わせが重なっていて動けない。すまないが、先日パーティーのあったホテルに来てくれ』

「あ……、はい。分かりました」

『あそこは俺が帰国をしている間の定宿なんだ。フロントの人間には、君を通すように言っておく』

紀藤はホテルの部屋の番号と、待ち合わせの時間を告げると、忙しそうに電話を切った。

彼はホテルを自宅代わりに使っているらしい。

(家に帰れないくらい、CEOは忙しいってことなのかな)

スケジュールが詰まっているのなら、疲れてオフィスで転寝《うたたね》をしてしまうのも分かる気がする。スーツの仕立てのために、彼が少ない時間を工面してくれるのが、名生には申し訳ないのと同じくらい、嬉しかった。


夕刻の面会時間中の病院は、時間が止まったように静かだった。特に祖父の病室がある辺りは、個室ばかりが並んでいて、廊下に足音が立つのも気を遣う。

仮縫いのスーツを入れたガーメントバッグと、ボタンや裏地のサンプルを入れた別のバッグを提げて、名生は引き戸のドアを開けた。バリアフリーでするすると簡単に滑るようになっているそれは、荷物を抱えている名生にもありがたい。

「じいちゃん。具合どう？　熱とか出てない？」

「……名生。今日もまあまあだ」

入院生活が長くなる中、水分の摂取を制限されているせいもあって、祖父の声は以前よりもしゃがれている。

「顔色、だいぶ元に戻ってきたね。頬《ほお》に赤みが出てる」

「銀行の連中が、店のことでまた来ていたからな。多少は気つけになったのかもしれん」

「あいつら――」

「さっきまで芳子がいて、応対してくれたよ。お前たちには本当に迷惑をかけてばかりだ」

「何言ってるんだよ、じいちゃん」

名生は薄い布団の中の祖父の手を探して、力を加え過ぎないように、そっと握り締めた。

「俺もおばちゃんもおじさんも、誰も迷惑だなんて思ってないよ。じいちゃんが店に戻れるまで、俺たちが看病するから」

「……名生。そのことなんだが、私は、店を売ろうと考えている」

「え…っ」

皺《しわ》の深い祖父の目尻が、名生を見て、テーラーでない時の優しい形に変わっていく。布団の中から利き手をゆっくりと出して、祖父は名生の顔の前にそれを伸ばした。

「私の手にはもう力が入らん。鋏はおろか、針も持てん。それがどういうことか、お前なら分かるだろう」

「病気が治って、リハビリをしたら、道具はまた持てるよ…っ」

「名生」

痩《や》せた掌《てのひら》が、名生の頬に触れる。聞き分けのない孫を窘《たしな》めるように、神様と呼ばれた祖父の指先が、ぎゅ、とそこをつねった。

「い、痛いっ」

力が素通りするような、つねられたのに何の痛みもない頬が、名生は悲しかった。悲しかったから、名生は嘘をついた。

「痛い痛いっ。じいちゃんやめてっ」

「痛くないだろう。嘘つきめ」

「痛いよ……っ！　力、入るじゃないか。仕事できるよ。すぐに店に立てるよ……っ」

「名生。——お前はいい子だな。じいちゃんはこんなに優しい孫と、自分の店に恵まれた。宝物は、一つあれば十分だ」

「じいちゃん——」

こんな時に宝物だと言われたって、嬉しくない。本音は嬉しいけど喜んじゃいけない。

店と孫を、どちらか選ばなければいけないのなら、祖父には店を選んでほしい。病気のせいで、祖父は体だけじゃなく、きっと心も弱っている。だから店を売ろうとしているのだ。

「店を手放しちゃ絶対駄目だ。俺はまだ半人前なんだから、じいちゃんがびしばし鍛えてくれなきゃ」

名生は祖父に元気になってほしくて、膝に載せていたガーメントバッグの中から、スーツの上着を取り出した。

「これ、紀藤さんにオーダーしてもらったスーツだよ。仮縫いしたばかりなんだ」

「こら。病室なんぞで出すんじゃない。悪い気でも伝染《うつ》ったらどうする」

怒った祖父の瞳に、店で働いている時のような輝きが、一瞬だけ戻る。泣きたくなるほど、名生はそれが嬉しかった。

「今日はこれから、紀藤さんに会って、フィッティングをするんだ」

「フィッティングか……そうか。ようくお客様のご意見を聞くんだぞ。着心地のいい仕立てを忘れるんじゃない」

「はい。師匠」

わざとおどけて祖父をそう呼ぶと、また、こら、と怒られた。やっぱり祖父は、おとなしくベッドに寝ているよりも、厳しいテーラーでいてくれる方がずっといい。

すると、祖父は何か言いたそうに、名生の顔をじっと見上げた。

「どうしたの？　じいちゃん」

祖父の視線は、名生を通して、どこか遠くの方へと向けられている。小首を傾《かし》げた名生に、祖父は掠《かす》れた声で呟いた。

「……いや。お前は紀藤さんによくしてもらっているようだな、と思ってな」

「うん。紀藤さんにオーダーをもらえてありがたいよ。じいちゃんがICUに入った時も、俺のそばで励ましてくれたんだ」

「そうだったのか。紀藤さんは少しも変わらんな。昔から彼は、お前に目をかけていた」

「昔から、って……？」

「お前、子供の頃に、紀藤さんによく店で遊んでもらっただろう。覚えていないのか」

「――え？」

一瞬、名生の頭の中が真っ白になった。記憶のどこを探しても、紀藤に遊んでもらった思い出はない。

「な、何、それ。どういうこと？」

「どうも何も、お前は紀藤さんに懐いて、おんぶやら肩車やら、しょっちゅうやってもらっていたぞ」

「ええっ⁉」

名生はびっくりして、病室の外へ響くような大声を出した。

「全然覚えてないよ！　そ、そんなことあった？　いったい、いつの話っ？」

「お前が幼稚園くらいの頃だ。紀藤さんはまだ高校生で、卒業祝いのスーツを仕立てにうちへ来店していた。裾上《すそあ》げの最中も、お前が彼の足にじゃれついて離れんから、じいちゃんは困り果てたぞ」

「そんなの知らない――。嘘だよね……っ？」

いいや、と祖父は首を振った。どんなに頭を捻《ひね》っても、名生は当時の自分と紀藤のことを、まったく思い出せない。

「終《しま》いには、じいちゃんが叱《しか》り飛ばすと、お前は大泣きしてな。紀藤さんがおんぶをしてあやしてくれた。そうしたらお前はおんぶを気に入って、今度は彼の背中にべったり張りついて、離れやせん。本当に始末に負えなかった」

「おんぶ……」

ひょっとして、背中フェチの片鱗《へんりん》はその頃からあったということだろうか。いや、今重要なのはそんなことじゃない。

「おんぶしてもらったことなら覚えてるよ。でもそれ、俺のお父さんと間違えてない？」

「馬鹿者。私はまだボケてはおらん」

「だって、お父さんの顔は覚えてないけど、ワイシャツの背中だけは、俺、覚えてるし」

「ワイシャツ？　――あり得んな。昌輔の奴は、ワイシャツやスーツの類《たぐい》を極端に避けていた。うちの店にすら、一度も顔を出したことがない」

え、と名生は息を呑《の》み込んだ。祖父の言葉をすぐには信じることができなかった。名生の頭の中で、白いワイシャツを着た背中の映像が、ぐるぐると回る。あの背中が父親のものじゃないとしたら、それは——。

「お前の父親は、テーラーの仕事を毛嫌いしていたんだ。男のくせに女々《めめ》しいと言ってな、じいちゃんのことをよく馬鹿にしていた」

「も、もしかして、じいちゃんとお父さんが仲が悪かったのって、そのせい？」

「ああ。無理に店を継がせようとした私もいけなかった。昌輔は家出同然に独立して、海外でプラントを建てる職に就いた。事故で亡くなった時も、あれは青いツナギの作業服を着ていたよ」

「そんな、じゃあ……俺が覚えてるのは」

とくっ、とくっ、とくっ、と、名生の心臓が騒ぎ始めた。体温が急激に上がって、首の後ろが熱くなる。

子供の頃の名生が大好きだった、白いワイシャツの大きな背中。いつもおんぶをして遊んでくれる、男らしくて頼もしい、名生を背中フェチにした理想的なそれ。父親だと信じて疑わなかった、あの背中の本当の持ち主は、あの人。

「紀藤さんの、背中だったの——？」

祖父が頷くのを見て、名生は驚きで、それ以上声が出せなかった。

今まで当たり前にあった世界が、ひっくり返る。あの背中に抱《いだ》いていた父親への想いや愛情が、その根底から覆されて、名生をひどく混乱させていく。

(俺は、紀藤さんだと知らずに、ずっとあの背中を追い駆けてたのか？)

仮縫いの上着の背中に、名生は震える手で触れて、父親の温《ぬく》もりを探そうとした。でも、名生の掌や指が覚えているのは、紀藤の温もりだけだった。

(紀藤さんは、子供の頃の俺に会っていたなんて、一言も言わなかった)

最初に祖父の店で会った時も、彼は名生とは初対面のような態度を取っていた。昔遊んでくれた人なら、教えてくれてもいいはずなのに。同じ思い出を共有しているのに、どうして紀藤はそのことを秘密にしているのだろう。

それとも名生のように、紀藤も昔のことを忘れてしまったんだろうか。

「……生、名生」

不意に名前を呼ばれて、名生は我に返った。

「えっ？　な、何？」

「手。大切な生地に皺がついてしまう」

「うわわっ！」

気づかないうちに、名生は上着の生地を握り締めてしまっていた。慌てて手を解いて、皺の寄ったところを撫《な》でて伸ばす。

「何をぼけっとしているんだ。やっぱりお前は半人前だな」

「ごめんなさい――」

「一度引き受けたオーダーは、責任を持ってやり遂げろ。完成させるまで気を抜くな」

「はい…っ」

思いもよらない事実を知って、胸がまだざわざわ騒いでいる。こんなに落ち着かない気持ちで紀藤に会って、まともにテーラーの仕事ができるだろうか。

（紀藤さんに、直接聞いてみよう。俺のことを覚えていますか、って）

切なくなるほど胸を鳴らせて、名生は面会時間が終わるまで、病室で過ごした。話し疲れて眠ってしまった祖父を見守りながら、頭の中で考えるのは、やっぱり紀藤のことばかりだった。


その日の夜、待ち合わせの時刻ぴったりにホテルを訪ねると、部屋のドアの向こう側に、ワイシャツとネクタイ姿の紀藤が立っていた。

「やあ。待っていたよ」

「こ――こんばんは」

何故《なぜ》だろう。何度も会っているはずの彼のことが、今日初めて会った人のように思える。祖父に昔の話を聞いたからだろうか。

とくん、とくん、とピッチを上げる鼓動を、名生は気づかないふりでやりすごした。地下鉄に乗ってこのホテルまで辿《たど》り着く間に、必死で掻《か》き集めた平常心を使って、笑顔を作る。

「本日はご用命ありがとうございます。『テーラー・ハヤミ』です」

「いい挨拶だな。少しちらかっているが、入って」

名生を奥へと促《うなが》しながら、紀藤はホテルの部屋の中とは思えないような、長い廊下を歩いていく。ほんの一メートルほど前で揺れる彼の背中が、否応なく名生の瞳を引き寄せた。

今日の紀藤は、ストライプ柄の水色のワイシャツを着ている。もし白のワイシャツだったら、一目見ただけで、名生の心臓は壊れていたかもしれない。

(俺におんぶをしてくれた背中、だ)

長い間、父親だと思い込んでいた大きな背中。その記憶が間違っていたことを知っても、がっかりするどころか、名生の心臓はいっそうどきどきしている。

(お父さんの背中じゃないのに、どうしてこんなに、俺は)

じっと見つめているだけで、頭がぼうっとしてきて、何だか息も苦しい。

記憶の中だけに存在していたはずの背中が、突然、現実の世界に現れたのだ。それも父親の代わりじゃない、本当の、本物として。名生の心拍数が上がって、背中フェチの症状が重症になってしまっても仕方ない。

「フィッティングの場所はリビングでもかまわないか？」

「はっ、はひ」

はい、と普通に言おうとしたのに、舌を噛《か》みそうになってしまう。紀藤が不思議そうな顔をして、後ろを振り返った。

「どうした。緊張でもしているのか」

「いいえっ、何でもありませんっ」

「オフィスよりは落ち着くと思ってここに呼んだんだが、まあ、適当に楽にしてくれ」

紀藤はやたら広いリビングの中の、ソファセットが置いてある一角へと名生を促した。

円形のファーのラグが敷いてあって、靴を脱いで上がると、足の裏がふわふわして心地い。インテリアの壁の一部が大きな鏡になっているのも、仮縫いしたスーツを紀藤に実際に着てもらい、全体的なバランスを見るのにちょうどよかった。

（この間と同じ部屋かな。それにしても、すごいところに泊まってるんだな、紀藤さん）

高い天井と、一目で高級だと分かる調度品に囲まれた、祖父の店が三軒は入りそうな広さのあるスイートルーム。フロントで自分の名前を告げた時、係のホテルマンが随分恭《うやうや》しい態度だったのも、分かる気がする。こんなＶＩＰな部屋に泊まっている紀藤の客だから、名生のこともＶＩＰ扱いしてくれたんだろう。

きょろきょろ部屋の中を見回して、豪華さに圧倒されそうになりながら、名生はごくりと唾を呑み込んだ。今日は大事な仕事をするためにここへ来た。子供の頃の思い出を紀藤に確認する前に、まずはテーラーとしての役目をしっかり果たそう。

「紀藤さん、早速ですが、仮縫いをしたスーツを見てもらっていいですか？」

「ああ。とても楽しみにしていたよ」

「ありがとうございます」

名生は持参してきたガーメントバッグを広げて、紀藤のスーツを取り出した。しつけ糸がついたままの上下とウェストコートを、ソファの背凭《せもた》れを使って並べて、紀藤が見やすいようにディスプレイする。

「どうぞ。手に取ってみてください」

「ああ。平らな生地の状態だとあまり目立たないが、こうして立体的な服にすると、人工灯の下で光沢が映える。俺はホールやバンケットで過ごす時間も多いから、これはとてもいい。パーティーの主役になれるスーツだな」

主役、という言葉が、とても紀藤らしいと名生は思った。華やかな場所で過ごす彼を、誰よりも颯爽《さっそう》と、格好よく見せるために、このスーツは存在する。紀藤から仕立てをオーダーされたことを、名生は今更のように誇らしく感じて、無意識に胸を張った。

（ここからは絶対に気を抜けない。テーラーの腕の見せどころだ）

名生は鏡がよく見える場所に移動し、紀藤にスーツを試着してもらった。彼の体のラインにフィットするように、生地をピンでとめて調整していく。

丁寧に採寸して型紙を作っても、人の体の全てを再現することはできない。こうして仮縫いとフィッティングの作業をすることで、世界で一着の紀藤のスーツを、完成品に近づけていく。

「着てみた印象はどうですか？　どこか引き攣《つ》れるようなところはありませんか？」

名生は上着の内側に手を入れて、上半身の生地の余裕を確かめてみた。必然的に紀藤の胸や脇の下を触ることになって、彼は少しくすぐったそうにした。

「すまない。俺は脇は弱いんだ」

「あっ、ご、ごめんなさいっ」

体にべたべた触れられるのが嫌で、フィッティングに抵抗を感じる人は結構多い。名生は慌てて手を引っ込めた。

「遠慮をするな。君の好きなように続けてもらってかまわないよ」

「でも――」

「最高の一着を仕立てるためだ。この距離の近さも、なかなか悪くない」

「え？」

ぐいっ、と紀藤に腰を引き寄せられて、名生は面食らった。気がつけば、彼との距離がほとんどない。紀藤がその気になれば、名生を簡単に胸の中に包んでしまえるくらい、二人は寄り添うようにして立っている。

「え、えっと……っ」

かあっ、と名生は頬を赤くして、肩を小さく窄《すぼ》めて縮こまった。

作業をしている間は気にしなかったのに、こんなにそばにいると紀藤のことを意識してしまって、ピンを持つ指が震えてしまう。

「随分と顔が赤いな。君のようなタイプは、客にその気があると誤解させてしまう」

「そ、その気って、何ですか」

「それでなくても、プライベートなデータを知るテーラーは、客との心理的な距離が近い。妙な誤解をされたくなかったら、君はポーカーフェイスを身に着けた方がいいだろう。俺が少し鍛えてやろうか」

名生の腰を撫で下りていく紀藤の手が、ゆっくりとした動きで何だか艶《なま》めかしい。セクハラをされていることにやっと気づいて、名生は体を捩《よじ》った。

「きっ、紀藤さん、ふざけてないで離してくださいっ」

慌てて逃げる様子を、おもしろそうに笑って見ている彼が恨《うら》めしかった。何とか気持ちを切り替えて、仕事に集中する。

自分の納得できるところまでフィッティングを進めて、全部の作業が終わるまで、二時間ほどかかった。学校の実習の倍くらいの時間だ。名生は紀藤の着替えを手伝いながら、疲れた様子も見せずに最後まで付き合ってくれた彼に、お礼を言った。

「紀藤さん、ありがとうございました。フィッティングは以上になります」

「お疲れさま。君の熱心な仕事ぶりを見られてよかった。コーヒーでも淹《い》れるよ」

紀藤はそう言うと、名生にソファを勧めて、キッチンの方へと歩いていった。リビングの端にあるカウンターの向こうに、シンクと湯沸しができる設備がついている。

「俺も手伝います」

ぱたぱたっ、と足音を鳴らせて、名生は紀藤のそばへと駆け寄った。彼は長い腕を伸ばして、カウンターの下の冷蔵庫を物色している。

「よかった。まだ一つ残っていた」

「え？」

「——口を開けて」

きょとん、としながら、名生は言われるままに口を開けた。

「っ…」

唇の上を滑らせるようにして、何かが口の中に入ってくる。その途端、名生の舌にほろ苦い甘さが広がった。

（チョコレート……だ）

滑らかに溶けていくチョコレートと、その中に隠れていたナッツのプラリネ。フィッティングの疲れを癒してくれるそれは、とても贅沢《ぜいたく》な味がする。

「パリに本店がある、俺の気に入りの店の新作なんだが、どうだ?」

すい、と近づいてきた紀藤の顔が、名生とくっつきそうな距離で止まる。

一瞬、キスをされるのではないかと思った。紀藤に何度も唇を奪われたことを思い出して、名生の心拍がひといきに上がる。

「お、おいしい、です」

「この店は喫茶も人気なんだ。君が甘いものが好きなら、今度誘おう」

「好き——です。お菓子の中では、チョコレートが、一番」

「奇遇だな。俺もだよ」

胸がどきどきしてきて、口の中の味がもう分からない。紀藤に見つめられているだけなのに、どうしてこんなに意識してしまうんだろう。真っ赤になっていく名生の頬へと、紀藤は小さく笑みを零《こぼ》すと、シンクの方に向き直った。

まるで宝飾店のショーケースのような、ぴかぴかに磨かれたガラスの扉を開けて、彼はコーヒーカップとソーサーを取り出した。お茶の用意をしている彼の背中が、名生の視線をまた引き寄せる。

(昔の俺も、紀藤さんにお菓子をもらったりしたのかな……)

子供の頃から祖父の店で過ごしていた名生は、仕立てに訪れる客によくかわいがってもらっていた。お得意様におもちゃをもらったり、お年玉をもらったりしたことは覚えているのに、紀藤のことだけ忘れてしまうなんて、切なくてたまらない。

（今なら聞いてもいいかな。紀藤さんに、昔のことを）

静かなキッチンには、サーバーがコーヒーを抽出している音だけが響いている。話しかけるきっかけを探して、名生は紀藤の無言の背中を見つめた。

もし、記憶を取り違えていなかったとしても、きっとこの背中に憧れていた。紀藤を父親に重ねなくても、この大きくて広い背中に、触れたいと思ったはずだ。

「紀藤さん――」

失った記憶をもう一度探したくて、名生は彼の名前を呼んだ。消え入りそうなほど小さな声だったのに、紀藤は気づいて、顔だけを名生に向ける。

「ん？　コーヒーはすぐにできるから、座って待っておいで」

「違うんです、あの…っ」

どきどき、と高鳴っていく鼓動に押されて、名生は両手を伸ばした。指先が触れた、紀藤のストライプのシャツ。その下の肌の温もりを感じて、名生の頭の中にあったものが、真っ白に消し飛んでいく。

「名生――？」

すぐそばで聞こえた紀藤の声が、名生の耳を震わせた。彼のシャツを握り締めて、背中に頬を擦《す》り寄せる。

こんなこと、するつもりはなかった。ただ、触れたらもう、止められなかった。どうしてもこの背中に惹《ひ》かれる。もっと触れたい。視界を埋めるこの背中に、ずっと触れていたくてたまらない。

(理由なんかない。俺はこの人の背中が好きなんだ)

あっけないくらい簡単で、シンプルなその気持ちを、名生は抑えられなかった。

「どうした。また背中フェチか」

からかうような紀藤の言葉が、真っ白になった名生の脳裏を掠めていく。温かな背中の感触が、時計を逆回しにして、名生を小さな子供に戻らせた。

(俺の、もの)

ぎゅう、とワイシャツに顔を埋めて、紀藤の背中を独り占めする。この温もりも、香水の匂いも、今だけは自分のものにしたい。

「……フィッティングの時は嫌がったくせに。抱きつくなら、せめて胸にしてくれないか。これでは君の顔も見えない」

名生は大きく首を振って、いっそう彼の背中にしがみついた。

「このまま、が、いいです」

「俺の背中で何を満たしたい。俺は父親代わりは御免だと言ったはずだぞ」

「違います。紀藤さんは、俺のお父さんじゃない」

「嘘つきだな、君は。——父親のようにおんぶをしてもらうのが好きなんだろう?」

「え…っ」

名生は瞳を見開いて、瞬《まばた》きを繰り返した。やっぱり、紀藤は子供の頃の名生を覚えているのだろうか。そのことを確かめたくて、ワイシャツを握る両手に強い力を込める。

すると、部屋のどこかで電子音が鳴った。

はっとして振り返ると、リビングのテーブルの上で、紀藤の携帯電話が着信を告げている。

「無粋な電話だ。失礼」

紀藤がキッチンを離れていくのを目で追いながら、名生は体を震えさせた。いつの間にか緊張していた肩が、小刻みに揺れている。

「紀藤です。——何だ、君か」

仕事の相手なのか、紀藤は携帯電話を手に取ると、流暢《りゅうちょう》なイタリア語で話し始めた。名生よりもずっと綺麗な発音だったから、いけないと思いながらも、会話の内容がよく聞き取れる。

「何か緊急の用件でも? え? こっちへ来てる? アポもなしに顔を見せろとは……君はいつもそれだな」

は、と呆《あき》れたような苦笑をして、紀藤はスラックスのポケットに片手を入れた。電話の相手は、紀藤に会いたがっているらしい。

「分かった。少ししか時間は取れないが、話を聞くよ。——ああ、下のアトリウムで待ち合わせよう」

紀藤は通話を切った電話をテーブルに置くと、そのそばにあった部屋のキーを手にした。

「すまない、急な来客だ。少し席を外す」

「は…、はい」

「部屋の中のものは何を使ってくれてもかまわない。すぐに戻るから、寛《くつろ》いでいてくれ」

紀藤はそう言うと、ネクタイを直して上着を羽織ってから、部屋を出て行った。

「——はあ……っ」

ドアが閉まるなり、がくん、と体じゅうの力を抜いて、名生はへたり込んだ。張り詰めていた糸が切れてしまったように、しばらく動くことができない。

紀藤に昔のことを聞く絶好のタイミングだったのに、結局言い出せずに終わってしまった。

「馬鹿。俺の馬鹿。何やってんだ」

度胸のない自分を叱りながら、名生はのろのろと立ち上がった。

仕切り直しをするために、紀藤が淹れてくれたコーヒーをカップに注ぐ。薫《かお》り高いそのコーヒーは、とてもおいしいはずなのに、一人で飲むと味気ない。

しばらく待っていても、紀藤が帰ってくる気配はなかった。この部屋には時計がないから、じっとしていると時間の感覚がおかしくなる。自分の携帯電話で時刻を確かめてみると、もう深夜の十一時になろうとしていた。

「遅いな、紀藤さん。待ってろって言われたけど、今日は挨拶だけして、帰った方がいいか」

きっと何か重要な用件があって、来客との話が長引いているんだろう。名生はそう思って、仮縫いのスーツを入れたガーメントバッグを片手に、部屋を出た。

オートロックのドアが閉まるのを確認してから、瀟洒《しょうしゃ》な造りのエレベーターで階下へ向かう。紀藤は客に、アトリウムで待ち合わせようと言っていた。階数ボタンの近くにあるホテルの案内図に、『十階クリスタル・アトリウム』という表示がある。

名生は十階でエレベーターを降りると、誰もいないフロアを、紀藤を探して歩いた。すると、前方にガラス張りの開けた空間が見えてくる。まるで精巧なカットを施したダイヤモンドのような、ライトの明かりが美しく反射するアトリウムに、彼はいた。

「紀藤さん」

挨拶をしに近づこうとして、名生は足を止めた。ガラス越しに夜景を眺めている紀藤の隣に、顔を隠すようにサングラスをかけた、名生の親友が立っている。

（ロラン——？　急な来客って、ロランのことだったのか？）

声をかけることを躊躇《ためら》って、名生はアトリウムの入り口の柱に隠れて、そっと二人のことを窺《うかが》った。周囲を気にしながら、静かに耳をすませていると、二人の会話が聞こえてきた。

「この間のパーティーは、あなたがナオと二人で消えてしまったから、つまらなかったな」

「人聞きの悪い。俺は君の親友を連れ出した覚えはない」

「ああ、連れ出したんじゃなくて、部屋に連れ込んだんだよね？」

「――やっぱり名生をけしかけたのは君だな。余計なことをして彼を翻弄《ほんろう》するのはやめろ」

うふふ、と、ロランが蠱惑的《こわくてき》な顔で微笑《ほほえ》んでいる。二人の話題が自分だったことに、名生は驚いた。

「僕はただ、困っているナオにスポンサーを見つけろと言っただけ。あなたがそれに乗るかどうかは、また別の話」

「まったく……。彼はごく普通の青年だ。いくら親しくても、貪欲《どんよく》なデザイナーの君とは、持ち得る常識も考え方も違う。今度彼に妙な真似《まね》をさせたら、俺もそれなりの対処をするぞ」

「ふうん。ナオのことになると、タカヒロはむきになるんだね。初めて知った」

微笑むロランを、紀藤は溜息《ためいき》をついて見つめている。紀藤が長い指で掻き上げた黒髪に、天井から注ぐライトが乱反射して、光の粒が散った。

「おしゃべりは十分だろう。それで？　今夜は何の用で来たんだ」

「もう……せっかちなんだから。今度の僕のファッションショーのことなんだけど」

「何だ。ＫＣＧは巨額の広告費をかけて君を後援している。不服は聞かないぞ」

「不服なんてないよ。タカヒロにね、個人的にお願いしたいことがあるんだ」

すい、と両腕を伸ばして、ロランはそれを紀藤の首に回した。甘えるように凭れかかって、サングラス越しの瞳で彼を見上げている。半開きのロランの口元が、親友には見せない色香を纏《まと》っていて、名生は訳もなくどきりとした。

「あなたにもメリットのある取り引きだよ。耳を貸して。トップシークレットだから」

ロランは紀藤の耳を唇で塞《ふさ》ぐようにして、小さく何かを囁《ささや》いた。

二人が寄り添う姿が、東京の夜景を透かしたガラスに映り込んでいる。地上の星たちをバックにして、密かに言葉を交わす二人は、誰も入り込めない空気を漂わせていた。

(恋人、みたいだ)

名生の左胸が、鋭い針で突かれたように、ずきっと痛む。精悍《せいかん》な紀藤の頬に、柔らかく触れたロランのプラチナブロンドの髪。紀藤の大きな手が、ロランの細い腰を慣れた仕草で包み込む。

(やっぱりあの二人は、そういう関係なのかな)

パーティーで見た時も、二人はとても親密そうだった。ビジネスパートナーだとロランは言っていたけれど、それだけの間柄だとは思えない。

ずきっ、とまた、名生の心臓が痛み出す。

(どうして……)

遠くからただ見ているだけなのに。二人が寄り添えば寄り添うほど、だんだんと意味不明の痛みが増していく。

「——どう？　タカヒロ。僕のお願いを聞いてくれる？」

「断る」

また二人の声が聞こえてきて、名生は耳を欹《そばだ》てた。胸の痛みも、紀藤とロランのことも、気になって仕方なかった。

「即答なの？　ひどい」

「今の話に、こちらのメリットがあるとは思えない」

紀藤はロランを押しやって、ふい、と背中を向けた。再びガラスの向こうを見やった彼の視線の先で、東京にできた新しいタワーが、遠くライトアップされている。

「タカヒロ。……そんなにつれなくしないでよ」

ロランの体が、ふわりと羽のように翻《ひるがえ》って、紀藤の体と重なった。紀藤のスーツの背中に抱きつき、陶器のような白い頬を埋めている。一つになった二人のシルエットを見て、名生は息を呑んだ。

(何してるんだ、ロラン)

離れろ——。不意に湧いてきた自分の気持ちを、名生は見過ごすことはできなかった。

「僕はタカヒロを求めているのに。背中を向けられるのは、悲しいな」

ロランの指先が、つ、と紀藤の背中を伝い下りていく。名生が見ていることを知らずに、ロランは自分の指の跡へと、意味深なキスをした。

「っ！」

瞬間的に、名生の体に熱が走った。針で刺されたような痛みを伴って、その熱は左胸を貫く。

（俺の、なのに）

名生は持っていたバッグを両腕で抱き締めて、声を出さないように、唇を噤《つぐ》んだ。

（嫌だ。俺のものに、触らないで……っ）

心臓が痛い。体じゅうが熱くて、苦しい。紀藤の背中を独り占めしたくて、胸が張り裂けそうだ。

「ねえ。タカヒロの部屋に連れて行って」

「ロラン——俺の部屋は」

「ベッドでゆっくり話したい。シャワーを使わせてよ、タカヒロ」

それ以上、二人の会話を聞いていることはできなかった。駆け出した名生の後ろ側で、アトリウムの光景が遠くなっていく。

（どうして……っ、——どうして）

二人の姿を見ていると、胸の痛みが止まらない。心臓の奥の奥まで掻き乱されて、名生は苦しくて泣き出しそうになりながら、逃げるしかなかった。

(何でこんなに、苦しいんだよ……っ)

降りてきたエレベーターに飛び乗って、鏡面の壁に体を預け、箱の中の狭い天井を仰ぐ。きつく唇を噛んでも、瞳を閉じても、名生の脳裏に焼きついた紀藤とロランの姿が消えてくれない。

「紀藤さん……」

震える声しか出せなくなって、名生はやっと気づいた。止まらない胸の痛みと、消えないキスの光景。紀藤の背中に触れたロランに、焼きもちを焼いている。

(俺以外の誰かが、あの人の背中に触れるのは、嫌だ)

たとえ親友でも、紀藤の背中には誰も触れてほしくない。自分の中に、こんなにも我儘《わがまま》で強い独占欲があるなんて、名生はこの時まで気づかなかった。

7

寝不足の頭痛とともに目を覚ました朝は、雲の筋までくっきり見える快晴だった。窓を開けると、外はここ数日の寒さが嘘のように暖かく、叔母夫婦の家の庭木の蕾《つぼみ》も、急に膨らみ始めた気がする。

腫れぼったい瞼《まぶた》を擦って、名生は客間に敷いた布団から這《は》い出た。叔母たちは仕事に出かけている時間で、家の中はしんとしている。

紀藤にホテルで会った日から、胸の奥が落ち着かなくて、もう三日もよく眠れていない。あくびをしながら布団を畳んで、名生は億劫《おっくう》に服を着替えた。

白いワイシャツにウェストコートを着た、テーラーの作業服。洗面室に行って、鏡の前でネクタイを締めてみても、気分はやっぱり落ち着かないままだ。

(……さすがに、三日もさぼる訳にはいかないよな……)

仮縫いが終わった紀藤のスーツを、完成に向けてこれから本縫いしなければいけないのに。昨日と一昨日《おととい》は針を持つと手が震えて、作業に全然集中できなかった。上着の背中の部分を見ただけで、鼓動が乱れて息苦しくなる。

「重症、だ」

鏡に映る、目の下が黒い自分の顔に、名生は溜息をついた。

ホテルのアトリウムを逃げ出した時から、頭の中に紀藤が住み着いている。彼に感じた独占欲が、日に日に大きくなっていて怖い。今まで家族にも友達にも、そんな我が儘な感情を抱いたことがなかった。

（紀藤さんは、俺よりずっと大人で、立派な人だ。あの人を俺のものにしたいなんて、おかしいよ）

そう何度も自分に言い聞かせたのに、紀藤の背中が、名生の正気を奪う。

あの背中を、亡くした父親と混同していた頃なら、独占欲なんか必要なかった。ただ見つめて満足するだけでよかった。

（……初めてなんだ。こんな気持ち）

記憶の中の父親の背中が、本当は紀藤の背中だったと知ってから、名生はおかしくなってしまった。彼に触れたい気持ちが強くなって、欲張りになった。

自分の親友にまで、紀藤に触れてほしくないと思うのは変だ。初めて覚えた一人よがりな感情に振り回されて、自分で自分を抑えられなくなっている。

きっとロランは、名生よりもたくさん紀藤のことを知っているだろう。ロランが自分のブランドを立ち上げて、プロのデザイナーになれたのは、紀藤のおかげだと言っていた。名生の知らないところで築かれた二人の関係に、途中から割って入っても、止まらない独占欲でつらい思いをするだけだ。

(俺だって分かってる。ロランがデザイナーの世界で成功するために、紀藤さんは不可欠な人だったんだ)

あの日の夜、二人が紀藤の部屋で一緒に過ごしたかどうかは知らない。知りたくない。紀藤が名生にしたような激しいキスを、ロランにもしていたとしても、二人が恋人なら不思議じゃない。

(もし、その通りでも、俺には関係ないことだから)

棚のヘアブラシを取ろうとした手に、気づかないうちに汗をかいていた。割り切ることのできない感情が、名生を捕らえて離さない。

(関係、ないのに、何で苦しいの……?)

紀藤のことを考えるたび、胸を裂かれるような苦しみが強くなっていく。焼きもちを止められなくて、紀藤に触れたロランのことを、嫌いになってしまいそうだ。

大事な親友を、自分勝手な感情で嫌いになりたくない。名生は髪を整えるのをやめて、洗面台で顔を洗った。ウェストコートが水に濡《ぬ》れても、そんなことを気にする余裕は、名生にはなかった。

朝の通勤ラッシュの時間をだいぶ過ぎた頃、名生は地下鉄に乗って、『テーラー・ハヤミ』に着いた。相変わらず出しっ放しのクローズの看板は、日光に焼けて随分色褪《いろあ》せている。

店にくれば少しは落ち着くかと思ったのに、マネキンに着せた紀藤のスーツを前にして、また名生の胸が騒ぎ始めた。たった一着の服を仕立てるのに、こんなに心が揺れ動いたことは、今までなかった。初めて自分の服を仕立てた時だって、今よりはきっと緊張しなかったはずだ。

「じいちゃんは昔、紀藤さんのスーツをどんな気持ちで仕立てたんだろう」

確か祖父が仕立てたのは、紀藤の高校の卒業祝いのスーツだった。彼の親か誰かが、プレゼントをするためにオーダーしたんだろうか。記念になるような大切なスーツを、祖父は心を込めて仕立てたに違いない。

(俺も、じいちゃんみたいなテーラーになりたい)

子供の頃から変わらない思いを抱いて、名生はそっと、仮縫いのままの紀藤の上着を見つめた。雑念を払うように、一度両頬を手で叩いてから、自分の道具入れの蓋《ふた》を開く。

よし、と気合を入れたその時、タイミングが悪く、店先のチャイムが鳴った。

「ごめんくださーい、速水《はやみ》さん、いらっしゃいますかー？　書留でーす」

「は、はいっ！」

名生は慌ててドアを開けると、郵便の配達員から封筒を受け取った。祖父宛てのそれには、東京四葉銀行銀座第一支店という差出人の名前が印字されている。再三この店を売却しろとプレッシャーをかけている相手が、何を送ってきたんだろう。きっと碌《ろく》でもないものに決まっている。

名生は作業部屋に戻って、さんざん迷ってから、その封筒を開けた。祖父が中味を見て、もしショックを受けるような内容だったらいけない。そうでないことを祈りながら、封筒に入っていた書類を出してみる。

「くそっ。こんなものを送ってきやがって」

店を売却するための契約書や、融資を返済するための計算書、ご丁寧に、売却後に店をどうするか、その計画書まで同封されていた。

「……この店を、更地にするって……?」

銀行は『テーラー・ハヤミ』を跡形もなく潰《つぶ》して、近隣の土地とともに、駐車場に変えるつもりらしい。この辺りには駐車場が少ないから、そうした方が利益が出ると書類には書いてある。

祖父が銀座で五十年も守ってきた店なのに。常連客に恵まれていた温かい店が、無機質な駐車場になってしまうのは、名生には耐えられなかった。

作業台の上に並べた書類を、くしゃりと握り締めて、全部見なかったことにする。それが現実逃避でしかないことはよく分かっている。でも、書類を見ていると悔しくて、泣き出してしまいそうだから、名生は固く瞳を閉じて作業台に突っ伏した。

本気でこの店を守りたいなら、泣いては駄目だ。でも、名生はもう、泣いても許してもらえる場所を知ってしまっていた。

（……紀藤さん……）

瞼の裏側の真っ暗な視界に、紀藤の顔が浮かんでくる。名生が惑ったり、挫《くじ》けそうになったりした時、何度も彼がそばにいてくれた。

今この時も、彼に会いたい。紀藤がそばにいてくれさえすれば、泣きながらでも前を向いていられると思う。

（紀藤さん。会いたいよ、紀藤さん）

ただ彼を求める気持ちだけがつのって、ずきずきと胸が疼《うず》いて、鼓動が速まる。家族でも親友でもなく、甘えたい人が何故紀藤なのか、名生はその訳を知りたかった。

（俺にとって、紀藤さんは、何だろう――）

思考に沈んでいた名生の耳に、店のドアが開く音が聞こえた。他の郵便物を渡し忘れて、さっきの配達員が戻ってきたんだろうか。

重たい頭をゆっくりと上げて、名生は作業部屋の出入り口の方を見た。必要最小限の照明だけをつけた、薄暗いそこに、スーツ姿の長身のシルエットが浮かび上がる。

「あ…っ」

名生は思わず声を上げた。心の中で会いたいと願っていた人が、本当に現れた。

「紀藤さん――」

あるはずのないテレパシーを信じたくなる。心臓の音がうるさくて、紀藤の声が聞こえづらい。

「名生。よかった、ここだったか」

「いらっしゃいませ…っ。ど、どうしたんですか？」

名生は椅子《いす》を倒しそうな勢いで立ち上がった。目の前にいる紀藤が、幻じゃない確証が欲しい。スラックスのお尻の下をつねってみたら、痛くてほっとした。

「仕事でこの近くまで来たから、立ち寄ってみた。銀座にはＫＣＧの婦人服ブランドのファッションビルがあるんだよ」

紀藤は黒革のアタッシュケースを、名生に向かって掲げて見せた。ビジネス用のシンプルなソリッドのネクタイが、彼のエリートな風貌《ふうぼう》を高めている。

「仕立ての作業中だったのか？　ドアに鍵がかかっていなかったから、勝手に入ってしまった。邪魔をしたのなら、すまない」

「いいえっ。邪魔なんか…っ」

作業部屋の奥を覗《のぞ》いた紀藤は、マネキンに着せられている自分のスーツに気づいて、苦笑した。

「まだ仮縫いのままだな」

「すみません！　本縫いに入ろうとしたんですけど、なんだか、うまくいかなくて」

「ああ、急ぐ必要はない。お祖父様の世話もあって、忙しいだろう」

「本当に、すみません」

そう言って下げた名生の頭に、紀藤は大きな掌を置いた。温かいそれが、わしゃわしゃと髪を撫でる。

「気にするなと言っている。それよりも、君はこの間、また俺の前から逃亡したな。部屋で待っていろと言ったのに、何か用でもあったのか？」

「あ……あの日は、ちょっと」

ホテルのアトリウムで寄り添っていた、紀藤とロランを見て、いたたまれなくて逃げ出した。二人に焼きもちを焼いたことを、正直には言えない。

「あの日は、紀藤さんも来客で忙しそうだったから、先に帰らせてもらったんです」

「仕事の関係者が訪ねてきただけだ。君が気を回すことはなかったのに」

「……関係者の人、ですか」

来客がロランだったことを、紀藤は言わなかった。ロランと名生が親友だと知っているはずなのに。

ちりっ、と名生の胸を、ささくれた痛みが撫でていく。あれから二人は、紀藤の部屋で一緒に過ごしたんだろうか。二人の本当の関係が知りたくてたまらない。

(紀藤さんは、ロランのことが、好きなんですか)

喉元まで出かかった言葉を、名生は唾と一緒に飲み込んだ。恋人の予想が当たったら、またきっと焼きもちを焼く。ロランに紀藤を取られた気がして、きっとロランを嫌いになる。

(どうして俺は、紀藤さんを独り占めしたいんだろう)

紀藤が大人で、優しい人だから。そばにいると安心するから。でも、ただそれだけなら、こんなに心臓はどきどきしない。

名生が初めて覚えた、たった一人の誰かを欲しがる強い気持ち。紀藤と再会しなければ、きっとこの気持ちは生まれなかった。

「……紀藤さん」

「ん？」

「紀藤さんに、教えて欲しいことが、あるんです」

この鼓動が鳴り止《や》まない意味を知りたい。紀藤のことを想うたび、胸の奥が苦しくなるのは何故だ。

「何を教えて欲しいんだ？」

名生の目の前で、紀藤が困ったように小首を傾げている。

じっとこっちを見つめる眼差《まなざ》しを、自分だけのものにしたい。澄んだ紀藤の漆黒の瞳に、自分だけが映っていたい。

「どうすれば、あなたを独り占めすることができますか」

「え――？」

言葉にした途端、名生の気持ちは切羽詰まった焦燥へと変わった。もう後戻りできない、胸を締めつける想いの正体が、名生を突き動かす。

（俺は、あなたのことが）

衝動のままに、名生は紀藤へと両手を伸ばした。逞《たくま》しい彼の体を抱いて、その手を後ろへと回す。

「ああ……っ」

感極まった声を上げて、名生は、ぎゅう、とスーツの背中を握り締めた。

――この背中がいい。名生に残された、子供の頃のたった一つの記憶と符合する、この背中がいい。他の人の背中ならいらない。

（分かった。やっと。俺は紀藤さんじゃなきゃ、駄目なんだ）

焼きもちも独占欲も、紀藤にだけ抑えられない。おんぶを求めた子供の頃と同じ、彼のことがただ欲しいと、名生の体じゅうが告げている。

「俺の……っ、俺のものに、なってください」

紀藤を手に入れたい。彼が好きだ。彼のことだけが好きだ。

記憶の中の父親が、父親じゃなかったと知った瞬間から、きっとこの気持ちは恋になった。止まらない独占欲が、名生の唇を勝手に動かす。

「俺だけの紀藤さんでいてください。俺以外の人には、誰にも触らせたりしないで」

「名生――」

「俺のことを、好きになってください……！」

ガタン、と、床にアタッシュケースが落ちる音がした。短い沈黙の後で、荒々しい二本の腕が名生を包み込み、息もできないほどの強い力で抱き締め返してくる。

「俺は一方的に乞われるのは嫌いなんだ」

「きとう、さん」

「俺のことが欲しいなら、君のことも、俺がもらうぞ」

まるで風に攫《さら》われて、どこか遠い世界へ連れ去られていくようだった。もう自分の鼓動も、紀藤の声も聞こえない。ただ彼の熱い息遣いだけが、名生の唇を震えさせる。

「ん……っ、んう――」

唇を奪われた刹那《せつな》、時間さえも止まってしまったかと思った。激しいキスに眩暈《めまい》を起こして、必死で紀藤にしがみつく。自分の背中に食い込む彼の指、掌の温度を、泣きたいほど切ない想いで受け止める。

（紀藤さんが、俺を、欲しがってる）

歯列を割って入り込んでくる舌先に、名生は自分の舌を絡《から》ませて、不器用に応えた。口中に溢《あふ》れる水音の一つ一つがくるおしく、名生をキスに溺《おぼ》れさせる。

好き。もっと欲しがってもらいたい。懸命に背伸びをして、キスを続ける名生を、紀藤は作業台の上に組み敷いた。

「あ……っ！」

背中に硬い板の感触を覚えたと同時に、大きな手にネクタイを引き抜かれる。名生の激しく鼓動する胸を覆ったウェストコートを、紀藤は性急な仕草で脱がせた。

「俺に本気で抱きたいと思わせたことを、後悔はしないな？」

「……はい…っ」

「嘘はつくなよ。名生」

熱い彼の唇に首筋を食《は》まれながら、ワイシャツのボタンを外されていく。普段の優雅さも、大人の余裕も全部捨てて、名生を欲しいという衝動以外何もない紀藤が、いとおしくてたまらなかった。

「すまない。柔らかいベッドは用意してやれないぞ」

「いい、です。ここで。好き…っ、俺、紀藤さんのことが好きです……っ」

夢中で告げた言葉が、再び重ねられた唇にもぎ取られていく。紀藤は告白を咀嚼《そしゃく》するように丹念に舌を動かして、名生を溶かした。

柔らかいベッドも、清潔なシーツもいらない。このまま頭の中が真っ白になるまで、何度でもキスをしたかった。大好きな紀藤の背中を抱き締めて、求められるままに、彼と一つになりたかった。

ふ…、と唇が離れて、濃密なキスの余韻を互いの吐息が浚《さら》っていく。奇妙な静けさが二人を包み込み、それきり、紀藤の唇は名生の唇に戻ってこなかった。

（何――）

かさりと乾いた音がして、紀藤の手が、作業台の上の何かを取った。ゆっくりと開けた名生の視界に、くしゃくしゃの白い紙を開いている紀藤の姿が映る。霞《かす》んだ瞳を何度も瞬《しばたた》いた後で、名生はそれが、さっき自分が握り潰した、銀行から送られてきた契約書だと気づいた。

「一月後に、この店は売却されるのか」

名生の頭上から低い声が降ってくる。乱れている心音に邪魔されて、紀藤が何を言ったのか、すぐには理解できなかった。まだ朦朧《もうろう》としている意識を掻き集めながら、契約書を見つめたままの紀藤に、名生は切れ切れの声で答えた。

「い…いいえ、それは――、勝手に送られてきただけ、で、まだ売ると、決まった訳じゃ…」

「この書類には、売却契約を交わさない場合、差し押さえをすると書いてある」

「……はい。他に出資者が、現れない限り、銀行は、強硬手段に出るって、言っていました」

「君は前に、この店を守りたいと言っていたな。今もその気持ちは変わらないのか？」

「はい」

「なるほど」

紀藤は短く言って、契約書を作業台に戻すと、覆い被《かぶ》さっていた体を名生から離した。それきり、名生に興味がなくなったように視線を合わさず、彼は着乱れていたスーツの上着を直している。

「あ、あの」

名生は訳が分からないまま、キスに溶かされていた体を起こした。あんなに熱く名生を求めてきた紀藤の唇は、今は真一文字に引き結ばれている。

「紀藤さん――？」

彼の表情のない横顔が、名生を不安にさせた。すると、ボタンをあらかた外されていたシャツの胸元に、ぱしん、とネクタイが投げつけられる。

「っ！」

紀藤がさっき解《ほど》いたばかりの、名生のネクタイ。驚きながらよく見ると、それを投げた紀藤の指先は、震えていた。

「服を整えろ」

「え…っ」

「気分が悪い。君にはもう、二度と触れないよ」

びくっ、と名生の肩が震えた。無表情だった紀藤の頬に、怒りが滲《にじ》んでいる。

「紀藤さん、どうして……っ？」

「どうして？　こちらが聞きたい。自分を餌にするとは、俺も随分見くびられたものだ」

「何、言ってるんですか。何のことです」

「体を売るような真似はするなと、君には言っただろう。――この店を守るために、捨て身だったのか？　俺のことが好きだと、どこまでも純情なふりをして、君は俺に体を投げ出そうとしたんだな」

「ち、違……っ」

紀藤は誤解をしている。店を守りたかったから、紀藤に取り入ろうと思った訳じゃない。彼のことが、本当に好きなのに。

「まったく騙《だま》されたよ。俺はまんまと君の誘いに乗せられて、一人で盛り上がっていた。俺から出資を引き出したいなら、もっと、別の方法があったはずだ」

「そんなこと、するつもりありません。俺は、俺は…、あなたを騙してなんかいません！」

誤解を解いてほしくて、名生は半泣きになって取り縋《すが》った。でも、紀藤は首を横に振るだけで、名生を信じようとしなかった。

「俺に泣き顔を向けるな。それさえも卑怯《ひきょう》に見える」

「どうして、俺のことを信じてくれないんですか」

「名生。君には前科がある」

「それは……っ」

「この際だから言っておこう。俺はファッションの世界に入ってから今まで、体と引き換えに利益を得ようとする人間を、うんざりするほど見てきた。メリットを重んじる自分が聖人君子だとは言わないが、君は——君だけは、俺とは違う穢《けが》れない人だと思っていたのに。俺はまた、君に失望させられたようだ」

前に一度だけ、紀藤に取り引きを持ちかけたことを、名生は後悔した。

（あの時と、今は違う。紀藤さんのことが、好きだから、そのことを、伝えたかっただけ）

名生ははだけたままのシャツの胸元を握り締めて、もどかしい思いで唇を噛んだ。自分の気持ちに嘘がないことを、どうやって伝えたらいい。どうすれば紀藤に信じてもらえる？

「紀藤さん、お願いです。信じて」

こみ上げてきた涙を、名生は止めることができずに、ただ泣いた。こんなに誰かを好きになったことは初めてだったから、泣くことの他に、名生は何もできなかった。

「あなたのことが、好き、です」

「やめるんだ。嘘はもういい」

「紀藤さんが、だいすき」

「名生……」

涙で白く霞んだ視界の中で、紀藤がまた唇を引き結ぶ。あるはずの感情を押し殺すような、本当は名生のことを信じたがっているような、ひどく不自然な彼の顔。紀藤が複雑な思いを抱いている証拠に、名生の頬を落ちる涙の粒へと、彼の指が伸びてくる。

(触って。もう一度、俺に)

夢のようだったキスの続きがしたくて、名生は紀藤の指を待った。その指が涙を拭ってくれるのを待った。

でも。

「……っ」

紀藤が吐き出した息とともに、惑った指が、涙のほんの手前で動きを止める。ぎゅ、と何もない空間を掌に握り締めてから、彼は手を下ろした。

「俺は臆病なんだよ、名生」

「……紀藤さん……」

「俺が思い描いていた君と、目の前の君が、どうしても重ならない」

紀藤が床に落ちていたアタッシュケースを持ち上げるのを、名生は瞬きもなく見ていた。無機質な音とともにロックが外され、銀行の帯封がついたままの一万円札の束が一つ、アタッシュケースから作業台へと置かれる。

「俺のスーツの代金だ」

「……い……いや……、嫌です――いらない」

「受け取りなさい。仮縫いのままでも、俺には特別な価値があった」

「とく、べつ」

「君のお祖父様には、また改めてオーダーをするから、安心しろ。このスーツは俺の手で処分しておく。テーラーが自分で仕立てた服を、捨てることはできないだろうから」

捨てる？　どうして？　そのスーツはまだ完成していないのに。

紀藤はアタッシュケースを小脇に抱えて、マネキンに着せられているスーツを脱がそうとした。手荒いそのやり方を見て、名生は反射的に声を上げた。

「やめてください！　捨てちゃ駄目です！」

紀藤とマネキンの間に割って入って、未完成なスーツを背中に庇《かば》う。

「客が処分すると言っているんだ。君は黙って従え」

「駄目……っ、そんな命令、聞けません！」

何を失っても、これだけは守りたかった。紀藤がオーダーをしてくれたスーツを、自分の手で完成させたかった。

「このスーツは、俺が最後まで仕立てます。どうか許してください」

「名生……」

「お願いします。俺に、あなたのスーツを作らせてください！　お願いします！」

名生の声が、小さな店じゅうに響き渡る。紀藤は名生を見下ろして、何かを確かめるように瞳を細めた。

テーラーの真剣な思いを分かってほしい。名生は一心に紀藤を見つめ返して、涙を振り払った。

「分かった。君の好きにするといい」

「いいんですか。ありがとうございます……っ」

「──最後に、テーラーのプライドを見られてよかった」

ひくっ、と名生の喉が喘《あえ》いだ。最後という言葉を残して、紀藤は踵《きびす》を返す。

作業部屋を出て行く彼の靴音と、店の入り口のドアを開ける音。石のように動かなくなっていた名生の足が、表から聞こえてきた車のエンジン音とともに動き出す。

紀藤にもう、これきり会えない、そんな気がした。

「紀藤さん！　待って！」

名生が店の外へと走り出た時、紀藤の姿はなかった。銀座の裏通りを貫く車道の向こうに、黒いベンツが一台、黄色のウィンカーを出しながら走っている。

「紀藤さん──！」

そのベンツに、紀藤が乗っている確証なんてない。でも、名生は追い駆けずにはいられなかった。

（俺が馬鹿だから、紀藤さんを怒らせて、失望させた。一度だけじゃなく、二度も）

彼は自分のことを臆病だと言ったけれど、それは違う。最初に彼に体を売ろうとしたのは、名生だから。体と引き換えに利益を得ようとする人間を、紀藤が毛嫌いしているのに、そのことに気づかないで、彼を深く傷つけてしまった。

（お金目当てだって思われても、仕方ない。今の俺には、紀藤さんに何の言い訳もできない）

初めて本気で恋をした人に、信じてもらえないのはつらい。胸の中にある心を取り出して、紀藤にこれが真実だと見せることができたらいいのに。

どうすれば、もう一度あの人は信じてくれるだろう。何をすれば、あの人は振り向いてくれるだろう。

これで最後になんて、したくない。何度も紀藤の背中へ指を伸ばしたように、名生はベンツのテールランプを追った。表通りへと向かっていくその車影は、名生がどんなに彼の名前を叫んでも、スピードを落とすことはなかった。

8

『名生ちゃん、今日も帰らないの？　お店に詰めてもう三日になるじゃない。いい加減にしないと、体を悪くしちゃうわよ』

「うん……、ごめん。一人でがんばりたいことがあるから。それが終わったら、ちゃんと家に帰るよ」

『まったくもう、頑固なところはおじいちゃんにそっくりね。——分かった。後でお弁当でも作って差し入れに行くわ』

「ありがとう、芳子おばちゃん。それじゃ」

　名生は電話の受話器を置くと、店のカウンターから作業部屋へと戻った。何日もぶっ通しで縫い針を扱っているせいで、すっかり硬くなった指の先を、温めるように擦り合わせる。

（あんまり感覚がなくなってきた）

　紀藤のスーツの本縫いを始めてから、ずっと店に泊まり込んでいて、叔母夫婦の家には帰っていない。電車に乗る時間がもったいなかったし、何よりも仕事に没頭したかった。黙々と針を動かしていれば、余計なことを考えずに済むから。

　痩せた体を椅子に預けて、まだ残っていた仮縫いのしつけ糸を解いていく。フィッティングの時に打ったピンに注意しながら、名生は生地を少しずつ縫い進めた。紀藤のスーツを立派に仕立てること、それだけを考えながら、丁寧に針を操っていく。

彼にひどく突き放されても、それでもスーツを仕立てることを選んだのは、なけなしの意地だったのかもしれない。テーラーとしての自分を、紀藤に認めてもらいたかった。彼に誤解されたままでは、あまりに悲しい。

「紀藤さん……」

憧れから生まれた紀藤への想いは、名生の胸の奥に息づいて、消えることはない。たとえ紀藤に誤解されて、嫌われてしまったのだとしても、この想いは名生だけの大切なものだ。

指先の針が作り出す、数え切れないほどの小さな縫い目。ミシンを使う機械縫いより、手縫いの方がテーラーの温もりが伝わると、祖父は名生に教えてくれた。

作りかけの紀藤のスーツが、ひび割れた彼と名生の間を繋《つな》いでくれる。一着のスーツを誠実に仕立てることと、紀藤を好きでいることは、名生には同じ意味だった。

店の窓の外が少しずつ暗くなり、今日も日が暮れていく。無心で縫い進める名生を邪魔するものは何もない。ひっそりと佇む『テーラー・ハヤミ』を包み込むように、銀座の街に夜の喧騒《けんそう》がやってこようとしていた。

本縫いを始めて十日ほど経《た》った頃。店の軒下で、ちちち、と鳥が囀《さえず》る声がする。緑の少ない都会のど真ん中でも鳥がいるんだ、と、名生は寝起きの頭でぼんやりと考えた。

「ん……っ」

筋肉痛の右腕を動かして、傍らに置いていた携帯電話を取る。時刻は朝七時半。自然と閉じようとする瞼を手の甲で擦って、名生はソファに預けていた体を起こした。

作業部屋の隅に立っているマネキンに、紀藤のスーツが着せられている。昨夜、日が回る頃に完成したそれを、名生は無言で見やった。

（——俺が今まで仕立てたスーツの中で、一番の出来だ）

静かな達成感に包まれながら、針の感覚が鈍く残る右手の指先を、ぎゅ、と掌に包み込む。大きな仕事をやり遂げたのに、胸の奥のどこかが寂しい。

（紀藤さんがこれを着ているところ、見たいな）

名生は無表情なマネキンのそばに立って、なだらかなスーツの背中に触れた。紀藤は捨てると言ったけれど、やっぱり彼に着てみてほしい。

紀藤は名生のことを誤解したまま、あれから一度も連絡がない。完全に嫌われてしまったのだとしても、心を込めて仕立てたスーツを、紀藤に受け取ってほしかった。

（行こう。紀藤さんのところへ。もう一度だけ、あの人に会いたい）

名生はマネキンからスーツを脱がせると、納入用の丈夫な箱に、それを収めた。紀藤が払ってくれた代金も一緒に入れて、不器用にリボンを巻いて封をする。

「すみません、紀藤さん。あなたからお金はもらえません」

名生はそう呟くと、作業部屋の奥のシャワールームで髪と体を洗った。仕事熱心だった祖父が店に泊まり込むたびに使っていたそこで、温かいお湯を浴びる。

まるで禊《みそぎ》のようにさっぱりしてから、急いで髪を乾かして、名生は新しいシャツとスーツに着替えた。

ＫＣＧ東京総本社のビルは、前に見た時と変わらず、都会の空へと向かってまっすぐに伸びている。地下鉄の出口のエスカレーターを上ってきた名生は、緊張で紅潮する頬を隠せないまま、受付のあるエントランスをくぐった。

「すみません。『テーラー・ハヤミ』の速水と申しますが、紀藤貴大《たかひろ》さんをお願いします」

「いらっしゃいませ。本日は紀藤とお約束はございますか？」

「あ……、いえ」

「大変申し訳ありません。お約束がございませんと、ご案内はいたしかねます」

にこやかに、それでいてきっぱりと面会を断られて、思わず怯《ひる》んでしまう。紀藤が簡単に会えない立場のCEOだったことを、忘れてしまっていた。彼のスーツが入った箱を抱き締めて、名生は受付の女性社員に頼み込んだ。

「あの、紀藤さんにお渡ししなければいけないものがあるんです。できれば直接、お礼を言いたくて。お願いします。紀藤さんに会わせてください」

「そう申されましても、こちらでは——」

「お願いしますっ。ほんの少しでいいんです。紀藤さんに取り次いでください！」

「お客様、困ります…っ」

名生の勢いに圧《お》されて、女性社員が顔を引き攣らせる。受付が騒がしいことに気づいた警備員が数人、慌てた様子で駆け寄ってきた。

「どうかされましたか？」

「君、そこから動かないで。ちょっと持ち物を見せてください」

警備員は、名生が抱き締めている箱を不審物だと疑っている。名生は大きく首を振って、大事なそれを奪われないように、体を縮めた。

「これは怪しいものじゃありませんっ。俺がオーダーを受けたスーツです。紀藤さんに渡したいだけなんです」

「おとなしくしなさい。警備詰所で話を聞くから、一緒にくるんだ」

「い、いや…っ」

名生を連れて行こうと、警備員たちが腕を摑《つか》もうとする。その時、不意に誰かが名生の名前を呼んだ。

「——速水さん？」

「…え…っ」

ビルの二階へ繋がるエスカレーターから、見覚えのある長身の社員が降りてくる。紀藤の秘書をしている——確か、夏目《なつめ》と言った。

「何の騒ぎですか、これは」

夏目は名生のもとへと駆け寄ってきて、警備員との間に割って入った。

「秘書課の者です。説明してください」

「こちらのお客様が、受付と揉《も》めてらっしゃったようなので、少しお話を伺おうと」

「他のお客様もいらっしゃるロビーで、手荒なことはやめていただけますか。話なら自分が伺いましょう。……速水さん、大変失礼いたしました。こちらへどうぞ」

「は、はい——」

ばつが悪そうに頭を搔いている警備員の脇を擦り抜けて、名生は夏目の後ろをついて行った。偶然、知った人に会えてよかった。夏目は名生を、ソファのある応接ブースへと案内していく。

「ありがとうございました。あの、助かりました」

「いいえ。何か飲み物をお持ちしましょうか？」

「い、いいえ、何もいりません。紀藤さんにオーダーしていただいたスーツができ上がったので、届けに来ただけですから」

名生がスーツの箱を見せると、夏目は一瞬だけ表情を曇らせた。

「そうでしたか――。ご足労をおかけしてすみません。生憎《あいにく》、紀藤は今外出しています」

「外出、ですか」

「ええ」

夏目の言葉を鵜呑《うの》みにするほど、名生は子供ではなかった。紀藤はきっと、名生を自分に近づけないように、夏目に命令しているんだろう。夏目のさっきの表情を見れば分かる。

（そうだ。紀藤さんは俺に、二度と会わないって、言ってた）

紀藤にとっては、名生がこうして会社にくることも、迷惑なことだったのかもしれない。

無意識に肩を落としていく名生に、夏目が優しく声をかけた。

「そのスーツは私が預かりましょう」

「え――」

「責任を持って、紀藤に渡しておきます。よろしければどうぞ」

す、と伸ばしてきた夏目の両手に、名生は少し戸惑った。でも、すぐさま彼を信じようと思った。諦めてスーツを持って帰るよりも、紀藤に渡る可能性の多い方に賭けてみる。

「お願いします。紀藤さんに、仕立てを俺に任せてくれて、ありがとうございました、って、伝えてください」

「かしこまりました。確かに」

名生は夏目にスーツを託して、思い切り頭を下げた。エントランスまで見送ってもらって、一人でビルを後にする。

ロータリーを歩きながら、手ぶらになったことを、名生は心許《こころもと》なく思った。昨日までは、こんなことを考えもしなかったのに。紀藤のスーツを仕立て終わって、彼と自分を繋ぐものが、もう何もなくなってしまった。

どうしてもそのことを認めたくなくて、名生は後ろを振り返ると、いつかのようにＫＣＧのビルを見上げた。超高層ビルのずっと上階にある紀藤のオフィスは、地上からでは小さな窓ガラスしか見えない。

「紀藤さん」

見失ってしまった、彼の大きな背中。目を凝らしてもそれを見つけることはできなくて、鼻の奥がつんと痛くなってくるのを、名生は止められなかった。

9

見舞いの後で持って帰ってきた祖父のパジャマが、物干し竿《ざお》で風に揺られている。リビングの窓の向こうのそれを見ながら、名生はかちゃん、とスプーンを置いた。

「……ごちそうさま」

「あら、名生ちゃん、もういいの？」

「うん。あんまり食欲なくて。ごめんなさい」

皿の半分も食べられなかったオムライスを見て、叔母が心配そうな顔をする。この頃ますます痩せてきた頬を隠しながら、名生はラップに包んだ残り物を冷蔵庫に入れた。

紀藤のスーツを渡しにＫＣＧの総本社に行ってから、もう三日も経ったのに、頭の中は相変わらず彼のことでいっぱいだ。会いたくても会ってもらえない人を想っても、つらいだけだと、冷静な自分が胸の奥で釘を刺している。紀藤のことを忘れてしまえるなら、きっと楽になるのに、どうしても彼のことが頭から離れない。

（あのスーツ、紀藤さんに受け取ってもらえたかな）

それを確かめる方法を、名生は持っていない。彼からの着信のない携帯電話が、名生のジーンズのポケットの中で沈黙している。自分の方から連絡をしようとして、でもふんぎりがつかなくて、結局メール一つ送ることができなかった。これ以上紀藤に嫌われたくないと思う名生は、きっと誰よりも臆病だ。

(——じいちゃんには、いちおう俺のオーダーは完了した、って報告できた。そのことだけでも、よかったと思わなくちゃな)

祖父は安心してくれたけれど、名生が生まれて初めて受けたオーダーは、苦いもので終わりそうだ。でも、紀藤のために仕立てたスーツは最高の出来だった。仕事は仕事だと割り切れたらいいのに、半人前の名生に、それはとても難しい。

掃除でもしようと、居候をしている部屋のある二階へ上がっていると、名生の携帯電話が鳴った。階段の途中で足を止めて、淡い期待をしながら液晶を見る。

「え…っ？」

目に飛び込んできた紀藤の名前に、名生は一瞬、呼吸を忘れそうになった。彼の方から連絡してくるなんて、いったいどうしたんだろう。震え始めた指で電話を耳に押し当てる。

「も、もしもし」

『名生か』

「紀藤さん——」

喉が変な風に喘いで、ぎこちない声が出た。電話の向こうに、ずっと会いたかった紀藤がいる。瞬《またた》く間に大きくなった心音に邪魔されて、彼の声が掠れて聞こえた。

『今、少し話していてもかまわないか』

「はい、大丈夫、です」

『この間、俺のオフィスを訪ねてきたんだろう』

「は、はい…っ」

『秘書から君の届け物を受け取った。警備の者に失礼があったようだ。すまない』

ふるふるっ、と首を振って、名生は電話を握り締めた。心臓の鼓動に煽られて、何から話せばいいのか分からない。スーツの着心地や、デザインの感想、どうして電話をかけてくれる気になったのか、紀藤に聞きたいことはたくさんあるのに。

(紀藤さんの声を聞くだけで、いっぱいいっぱいだ……)

耳と心臓がやけに敏感で、電話越しの紀藤の息遣いにさえ、どきんどきん、と反応してしまう。名生が黙ったまま何も言えずにいると、紀藤は小さく咳払いした。

『さほど時間は経っていないと思っていたのに、少し会わないと、満足に話せなくなるものだな。初めて知ったよ』

「……俺もです」

『君を突き放したのは俺の方なのに、こうして電話をかけてきたことを、迷惑に思っているか?』

「いえっ。そんなこと、思っていません」

『――そうか。それならいい』

名生と同じで、紀藤の話し方もぎこちない。言葉を選んでいるような、彼が手探りで会話をしていることが伝わってくる。

「あの、スーツの出来は、いかがでしたか。気に入ってもらえたら、嬉しいん、ですけど」

少しでも長く紀藤の声を聞きたくて、名生は必死で唇を動かした。ただ話すことが、こんなに難しいなんて知らなかった。すると、紀藤はほんの短い間黙ってから、囁くように言った。

『それは、君自身で確かめてみてくれ』

「え？」

『今、渋谷にある「ROLAND」のショップが入ったビルにいる。君の親友が今日、そこでショーを開くことは知っているだろう？』

「あ…っ！」

そう言えば、と、名生はロランにファッションショーのチケットをもらったことを思い出した。ロランがせっかくVIP席を用意してくれたのに、あれからいろいろなことがあり過ぎて、すっかり名生の頭から抜け落ちてしまっていた。

『君にもショーを見に来てほしい』

「俺に、ですか？」

『ああ。見せたいものがあるんだ』

紀藤がロランのショーで見せたいもの——それが何か、想像もつかない。

ホテルのアトリウムで、紀藤の背中に寄り添ってキスをしていたロラン。紀藤と強い繋がりを持っている親友のことを考えていると、また焼きもちを焼いて、平気でいられる自信がない。

（でも、紀藤さんが、俺に来てほしいって）

ショーに行けば、きっと紀藤に会える。名生の中の選択肢は、一つしかなかった。

「分かりました。すぐに行きます」

『ショーのスタートは、今から一時間後だ。車を回そうか？』

「いえ。自分の足で、あなたに会いに行きます」

電話を持っていない方の手を、ぎゅっと握り締めて、名生は答えた。待っているよ、と耳元で小さな返事が聞こえた後で、通話が切れる。

無言になった電話を見つめていると、紀藤と話せたことが、現実感のない嘘のように思えてきた。でも、耳の奥には彼の声音が確かに残っている。名生はいてもたってもいられずに、二階へ駆け上がって服を着替えた。

「本日はご来場ありがとうございます。関係者パスをお持ちの方はこちらに、一般のチケットをお持ちの方は、後方の受付からお入りください」

渋谷で一番人気のあるファッションビルは、名生と同じくらいの若者の客で満杯だった。ショーが開かれる特設フロアに赴くと、ロランのブランドを示す赤と黒のロゴを使ったディスプレイが、二フロア分の広大な空間に溢れている。

名生はチケットを片手に、きょろきょろと辺りを見回した。電話をくれた紀藤の姿はどこにもない。ショーの開演目前で忙しいはずのロランも。

(とにかく、会場に入ってみよう)

開演三分前に滑り込んだ場内は、ステージとそこから続くランウェイがT字に設置されていて、何千人もの観客の熱気で満ちている。汗をかくほどの人いきれを掻き分けて、名生はランウェイの目の前のＶＩＰ席へと、ようやく辿り着いた。

(すごい熱気だ……っ。紀藤さん、どこにいるんだろう。見つけられるかな)

紀藤はＫＣＧを代表してこのショーの後援をしているから、関係者席にいるのかもしれない。到着したことを知らせるために、携帯電話でメールを打っていると、ふっ、と天井の照明が暗くなった。

「――っ？」

突然の暗闇の中、ショーのオープニングを告げる真っ白な閃光《せんこう》が、ランウェイを足元から鮮烈に照らし出す。その瞬間、名生はメールのことを忘れた。ロックテイストの大音響が耳を圧倒して、観客の歓声とともに、名生を異世界へと連れて行く。

「うわあ…っ！」

深海を泳ぐ巨大魚に似た、赤い『ＲＯＬＡＮＤ』のロゴのホログラム。立体的なそれが、ゆらゆらとランウェイを進み、ステージの中央の大型モニターへと吸い込まれていく。

バン、と花火が弾《はじ》けるような映像が映し出されて、方々へ散っていく赤いホログラムの粒を、名生は口をぽかんと開けて見上げた。やがてその赤い粒は、五本の光の柱となって、ステージに立つ五人のモデルを浮かび上がらせる。

「すー―すごいよ、ロラン。こんなファッションショー、初めて…っ」

名生は思わず、そう声に出して、ショーの演出に釘付けになった。ＶＩＰ席の前を、ロランがデザインした服に身を包んだモデルたちが、颯爽と闊歩《かっぽ》していく。

大胆なカットワークの、女性モデルの肌に纏いつくマーメイドラインのドレス。五人とも同じデザインのドレスで、裸足《はだし》にアンクレットという出《い》で立ちがエキゾチックだ。

どこかで見たことがあると思ったら、そのモデルたちは日本のテレビで活躍しているタレントばかりだった。ランウェイの先端で彼女たちが喝采《かっさい》を浴びている間に、ステージでは、次のモデルが前衛的なメタル素材のスーツを着てポーズを取っている。

ミラノの学校の研修で見たどのショーよりも、ロランのショーは刺激的だった。まるでコンサート会場のような熱狂と、音と光の渦。タレントも本職のモデルも、ランウェイに登場する全ての人物が、ロランの作り出す服の世界観を体現して、観客たちを夢中にさせる。

（紀藤さんが俺に見せたかったものって、これなのかな……）

ランウェイの上に広がる、華やかで眩《まぶ》しいファッションの世界。プロのデザイナーのロランと、半端なテーラー見習いの名生では、生きている世界が違うと、紀藤は今更分からせたかったんだろうか。そして、紀藤自身はロランの側にいると、名生に気づかせたかったんだろうか。

（もしそうなら、めちゃくちゃ、へこむ）

彼の方から、ここへ来てくれと言ってくれた理由を、都合よく勘違いしていたのかもしれない。そう思うと、名生の耳から、場内の音が急速に遠くなった。

たった今までショーに夢中だったのに。ランウェイを埋め尽くす白いスモークも、緑色のレーザー光線も、全てが遠く、サイレント映画を見ているように名生を孤独にさせていく。

一人だけ取り残されたような感覚は、ロランのパーティーに招かれた時の感覚とよく似ていた。目の前に広がる世界は途方もなく煌《きら》びやかなのに、名生の心のどこかが寂しい。寂しくて寂しくて、ランウェイを見続けていることができなくなる。

「——ナオ」

自分を呼ぶ声に、はっとして、名生は伏せていた顔を上げた。甘い香水に誘われるように隣を見ると、いつからそこにいたのか、ショーの主役が微笑んでいる。

「ロラン…っ？」

し、と、ロランは微笑んだまま唇の前に人差し指を立てた。

「来てくれてありがとう。楽しんでる？」

「う…、うん。ちょっと、雰囲気に圧倒されてた。ショーの最中なのに、こんなところにいてもいいの？」

「監督と万全のスタッフがいるから平気。バックヤードのモニターで見ていたら、ナオが映ったから、歓迎しに来たんだ」

いつもなら、すぐに抱き締めてきて頬にキスをするのに、今日のロランはそれをしなかった。名生の隣の空席に座って、彼は組んだ足をぶらりとさせる。

「しばらく連絡をくれなかったね。忙しかったの？」

「あ——うん。じいちゃんの見舞いとか、仕立てのオーダーとか、あったし」

「ああ、タカヒロのスーツね」

どきっ、と心臓がびくついたのを、名生は気づかないふりをした。ホテルでロランと紀藤が会っているのを見たことを、口に出せない。

（不意打ちだ。ロランにどんな顔をしていたらいいんだろう）

名生が気まずい思いをしていることを知らずに、ロランは観客と一緒になって、音楽に合わせて手拍子をしている。

彼のきらきらした空色の瞳の先を追うと、ランウェイを歩いているのは女性モデルから男性モデルに変わっていた。学校でレディースのデザイン画ばかり描いていたロランにしては珍しい、紳士服のラインナップが紹介されている。

「…なあ、ロラン、紳士服のデザインもやってたっけ。女の子の服が専門だと思ってた」

「今まではそうだったんだけどね。いい新人モデルを見つけたから、メンズもやってみたくなって」

「いいモデル？」

「めったにいない逸材だよ。オリエンタルな色気と品性があって、男性的なスタイルを引き立てる、広い背中を持っている」

「背中――」

不意に紀藤のことが思い浮かんできて、名生はかっと頬を赤くした。恥ずかしい想像を打ち消したくて、無意識に早口になる。

「ロランがそんなに褒めるなんて、すごいな。その新人モデルさんって、今日のショーには出てるの？」

「うーん、そいつはね、とても我が儘な奴なんだ。ショーの出演を僕がしつこく口説《くど》いたら、

『モデルをしてやってもいい。その代わりに』って、偉そうな条件を出してきたんだよ」

「条件？　新人なのに？」

「ほんっと最悪な条件。『「ROLAND」の服は着ない。俺は俺の気に入ったものを着る。それでもいいなら、ランウェイでもどこでも歩いてやる』。——もう僕、参っちゃったよ」

「え……？」

デザイナーのショーに出るのに、そのデザイナーの服を着ないでどうするんだろう。随分勝手なことを言うモデルだ。

名生が不思議に思って首を傾げていると、ロランは、ふふ、と笑って、ステージの向こうへと目をやった。

「ほら、メインゲストを引き連れてご登場だ。見て、ナオ。彼だよ」

言われるままに、名生は前の方へと身を乗り出した。親友に生意気を言うモデルの顔を見てみたい——そんな気持ちでいた名生は、次の瞬間に頭が真っ白になった。

「あれ、は」

ステージの上方から注ぐ、細いライトに照らされた一組の男女のモデル。背中の開いた紺《こん》碧《ぺき》のドレスを着た国民的女優に、観客席からどよめきと、それを超える悲鳴のような声が上がる。でも名生の瞳は、女優の隣を歩いている男性モデルに引き寄せられた。

「紀藤さん！」

どうして、何故。紀藤がステージの奥から、名生の見上げるランウェイへと進んでくる。ライトを透かす彼の艶《つや》めいた黒髪。腕を組んで女優をエスコートする優雅な仕草。鮮やかなネイルアートの指先が触れているのは、ダークグレーの紀藤のスーツの袖だ。

「俺の、スーツだ。俺が仕立てた、あの――」

名生がそのスーツを見誤るはずがない。スモークと人工の風に演出されたランウェイに現れたのは、名生が紀藤の秘書に託した一着だった。

(紀藤さんが、俺のスーツを着てくれた。その姿を、俺に見せてくれた)

紀藤との距離が近づくごとに、とくっ、とくっ、と名生の鼓動がリズムを上げる。座席から立ち上がってしまいそうになるのを、名生は必死に我慢した。

「紀藤さん……っ」

名生の呼び声は、他の歓声や音響に紛れて、瞬く間に消されてしまった。でも、懸命にランウェイを見上げた視線が、紀藤の視線を捕らえる。

「名生」

名生の前を通り過ぎる瞬間、紀藤の唇は確かに名前の形に動いた。誇らしそうに、彼はスーツの襟元を指で撫でている。

紀藤が微笑んでいる顔を、久しぶりに見た。彼が本当に見せたかったものが何か、やっと分かった気がする。

（俺のスーツを、喜んでくれたんですか。紀藤さん）

限りなく確証に近い思いを抱いて、名生は心の中で紀藤に問いかけた。

呼吸さえも忘れて見入っている名生に、優しい眼差しを残して、紀藤はランウェイの先へと歩いていく。長い間、父親のものだと信じて疑わなかった背中に、名生が仕立てた上着が柔らかく翻った。今も、昔も同じだ。あの背中に触れたくてたまらない。

（俺、俺――あなたのことが、好きです。大好きです）

名生の体の奥の方から、熱いものが込み上げてくる。瞼の裏側がやけに火照《ほて》って、眩暈がしてきて、もう何が何だか分からない。

「僕の言った通り、いいモデルだろう？」

「うん、うん…っ、すごく、格好いいよ」

「予想以上にインパクト絶大だった。ナオ、二ブロック左のプレス席を見てよ。こういう表舞台にタカヒロはめったに出ないから、ファッション誌の記者たちが騒然としてる」

「本当だ。カメラのフラッシュが眩しい…っ」

「ＫＣＧの御曹司にランウェイを歩かせることは、それだけで業界の注目を集めるいいアピールになる。デザイナーのプライドを曲げさせられた分、彼にはせいぜい、僕のショーに箔《はく》をつけてもらうことにするよ」

ふう、と溜息とともに苦笑を浮かべて、ロランは赤味のひかない名生の顔を覗き込んだ。

「ナオ。タカヒロがモデルをやってもいいと言ってきたのは、たった三日前だ。あのスーツを持ってきて、僕にさっきの条件を突きつけたんだ」

「三日前――？」

それはナオが、紀藤の秘書にスーツを預けた日だ。自分の仕立てたスーツが、紀藤の心を動かしたと知って、言葉にならない。

「僕はあれを見た瞬間、ナオの作品だと気づいた。悔しいけれど、君のスーツは素敵だよ。あんな心のこもったものを仕立てられたら、こっちはお手上げだ、ナオ」

泣き出しそうになっていた名生の肩を抱き寄せて、ロランは耳元で囁いた。悪戯《いたずら》を成功させた子供のように声を弾ませている。

「僕は前から、タカヒロをモデルとしてランウェイに引っ張り出してみたいと思っていた。彼のようなビジネスマンにこそ、スーツはよく映えるからね。わざわざ彼の宿泊先にまで押しかけて、今日の出演の依頼をしたんだ。最初は冷たく断られたけど、ナオのおかげで僕の願いが叶《かな》ったよ」

「え…っ。もしかして、紀藤さんとホテルのアトリウムで会っていたのは、そのため？」

「――盗み見していたの？　やっぱり、あの日タカヒロの部屋にはナオがいたんだね。彼ったら、僕を部屋に一歩も入れてくれないんだもの。失礼しちゃうよ」

「そうだったんだ……」

くすくす笑うロランを見て、名生の心にずっと痞《つか》えていたものが、解けて消えていった。親友と紀藤の関係を勝手に誤解して、一方的に焼きもちを焼いていた自分が恥ずかしい。

(ごめん、ロラン。ごめんなさい、紀藤さん)

もう一度紀藤の方を見ると、彼は女優をエスコートしながら、ランウェイを去るところだった。

ステージの奥へと消えていく彼のもとへ、今すぐに駆けていって、話がしたい。自分の気持ちを、うまく伝えられなくてもかまわないから、紀藤の声が聞きたい。

「ロラン、俺、紀藤さんのところへ行きたい。あの人と話したいことがあるんだ」

「じゃあ、これを貸してあげる」

ロランはそう言うと、自分の首にかけていたスタッフ章を外して、名生の首にかけ直した。

「僕と一緒においで、ナオ。タカヒロはバックステージにいるよ」

熱狂のやまない観客たちの間を擦《す》り抜けながら、名生は急《せ》かされるようにしてＶＩＰ席を後にした。ライトの当たらない会場の隅の一角に、数人のスタッフに守られた関係者用のゲートがある。高鳴る胸をどうすることもできずに、名生はそこをくぐってバックヤードへと入っていった。

「ロラン先生、どこへ行ってらしたんですか！　探しましたよっ」

「ああ、ごめん。大切な親友のお迎えをしていたんだ」

「進行が押してるんです。すぐにラスト・ショーのチェックをお願いします！」

「了解。――ということだから、ごめんねナオ。ここをまっすぐに行けば、タカヒロの控え室があるよ」

「う、うんっ。ありがとう、ロラン！」

スタッフに捕まってしまったロランを残して、名生は一人で紀藤を探した。通路の傍らでヘアメイクを直すモデルや、服を抱えて行き交うスタイリストたち。夢の世界だったランウェイを離れて、舞台裏のバックヤードは、慌ただしい空気に包まれている。

（紀藤さん、どこ――？）

不安になって周囲を見渡した名生の瞳に、控え室のドアを開けようとしている黒髪のモデルが映り込んだ。

「あ…っ！」

ドアの向こうへと消えていく、その大きな背中に、何度憧れたことだろう。名生の両足が無意識に駆ける速度を上げた。

もう瞳には、たった一人の背中しか映らない。バタン、と乱暴にドアを開けて、自分が仕立てたスーツに向かってダイブする。

「紀藤さん――！」

声に気づいた紀藤が、はっとしたように振り返ろうとした。紀藤の体に触れた瞬間、名生は彼以外の全てを忘れた。

「紀藤さん、紀藤さん……っ」

「――名生」

後ろから抱き締めた両腕に、紀藤を体温ごと閉じ込める。二度とこの温もりを離さない。紀藤の背中に顔を埋めて、名生はぎゅっと瞳を閉じた。

「やっと、会えた」

「名生。俺を探して、ここまで来てくれたのか」

「はい……っ」

吐息混じりの名生の返事が、背中越しに紀藤の肌を震えさせた。力任せにスーツの生地を握っていた手に、彼の手がゆっくりと重ねられる。

「そんなに強く握り締めたら、俺の気に入りのスーツが、皺だらけになってしまう」

「ごめんなさい。もう我慢、できません」

名生は瞳を閉じたまま、紀藤の背中に額を擦りつけた。何度触れても、もっと触れたい。

「俺のスーツを気に入ってくれて、ありがとうございます」

「……ああ、見事な腕前だ。着ていることを感じないほど、俺の体に無駄なく寄り添う」

「捨てられなくてよかった。紀藤さんは前に、このスーツを処分するって言っていたから」

「俺が目利きだということを忘れたのか？　秘書からこのスーツを見せられた時、誠実な仕立てに目を瞠《みは》った。俺は君につらくあたって、自分勝手に突き放したのに、君はテーラーのプライドをけして忘れなかった」

「俺はただ、紀藤さんにこれを着てもらいたかっただけです。一度受けたオーダーは、最後までやり遂げろって、じいちゃんに教わりました」

「君はお祖父様《じいさま》と同じ、立派なテーラーだよ。君の仕立てを目の当《ま》たりにして、俺は自分の間違いに気づいたんだ」

「間違い――？」

「顔を見せてくれ、名生」

紀藤は囁くように言うと、名生の手をそっと外して、体の向きを入れ替えた。紀藤の胸の中で、彼の大きな両手が、名生の頬を包み込む。

「名生」

もう一度呼ばれて、名生は紀藤を見上げた。誰よりも真摯《しんし》な、彼の漆黒の瞳が、すぐそこにあった。

「この間はすまなかった。君がお祖父様の店を守るために、俺に抱かれようとしていると、ひどい誤解をした」

「いいえ…っ、紀藤さん、謝らないで、ください。紀藤さんに信じてもらえなかったのは、俺のせいだから」

紀藤の掌の下で、名生の頬が熱くなる。赤く染まったそれごといとおしむように、紀藤は親指の腹で、名生を撫でた。

「君の仕立てを見なくても、君が嘘をつく人間ではないことを、俺は知っていたはずなのに。本当に、すまない」

「紀藤さん」

「君は昔と少しも変わらないな。俺がずっと――ずっと思い描いていた、子供の頃のまま、澄んだ瞳をして俺の背中に甘えてくる」

「……俺のこと……覚えていてくれたんですか……？」

こく、と頷いた紀藤を見て、名生は震えた。彼の心の中に、自分と過ごした記憶は確かにあった。白いワイシャツを着た、幼稚園生の名生をおんぶしてくれた背中。十年以上も時間が経って、紀藤と再会できたことが、名生は嬉しくてたまらなかった。

「どうして、言ってくれなかったんですか。じいちゃんの店で、子供の頃に俺と遊んでくれたのは、紀藤さんだって」

「君に思い出してほしかったんだ。君は俺のことを、すっかり忘れていただろう？」

「ごめんなさい……。俺…っ、紀藤さんのことを、父親だと、思い込んでて。じいちゃんに本当のことを教えられて、紀藤さんに確かめようと思ったけど、言い出せなくて」

拙《つたな》い言葉しか言えない名生に、紀藤は安心させるように微笑んで見せた。名生の頬を包んでいた彼の手が、温もりを湛《たた》えたままゆっくりと解けていく。

「俺は君の父親じゃない。――父親の代わりができるほど、俺の気持ちは、純粋じゃない」

「紀藤さ」

名生の声を遮るように、紀藤の唇が、唇に押し当てられた。控え室のドア一枚を隔てて、通路にはモデルやスタッフがたくさんいるのに、二人を静寂が包み込む。

「んう……っ」

名生の鼓動も瞬きも、全部紀藤のキスが奪い去った。触れ合った唇が熱くて、彼と一つになって溶けてしまいそう。

（もっと……、もっと、紀藤さんと、キスをしたい）

純粋じゃないのは、名生も同じだ。子供の頃のように、紀藤の背中に甘えるだけでは満たされない。

キスがしたい。もっと紀藤に触れたい。呼吸の間の、僅《わず》かな空白ももどかしいくらい、もっと唇を重ねたい。

「ん…、は……っ」

息継ぎに喘いだ名生の体を、紀藤は強く抱き締めた。

隙間もなく合わさった彼の胸元から、早鐘のように打ち鳴らす鼓動が聞こえる。

「名生。君を愛している」

とくん、と名生の心臓も、ひときわ大きく跳ねた。紀藤の背中を抱き締め返して、伝えたかった想いを言葉にする。

「紀藤さん、俺も……っ、俺も紀藤さんのことが、大好きです」

「名生、高校生だった俺の背中に、五歳の君を乗せていた頃は、こんな想いを抱くとは予想もしなかった」

「嬉しい。大人になった俺を、紀藤さんは見つけてくれた。俺のこと、ずっと覚えていてくれて、嬉しいです」

「俺に無邪気に懐いてきた名生を、忘れるはずがない。だが、まっすぐに育った君と違って、俺はずるくて臆病な大人になった。大きくなった君と、恋がしたいんだ。——いいだろう？」

はい、と答えた唇に、もう一度紀藤の唇が重なる。啄《ついば》むようにキスを繰り返す二人には、バックヤードの喧騒も、ショーの成功を讃《たた》える拍手も、何一つ聞こえなかった。

紀藤の定宿のホテルの窓から、星が瞬くような東京の夜景が広がる。その明かりのどこかで、ショーの打ち上げパーティーが開かれているらしい。でも、名生と紀藤はパーティーの誘いを断って、誰にも邪魔されないこの部屋に閉じこもった。

『名生。一緒にシャワーを浴びるか？』

耳に蘇《よみがえ》ってきた紀藤の声が、名生の顔を真っ赤にさせる。恥ずかしくて俯いた拍子に、洗ったばかりの髪から雫《しずく》が垂れて、火照った頬を冷やしてくれた。

（先にシャワーを浴びるんじゃなかった。なんか……緊張して間が持たないよ）

寝室の大きなベッドの端っこにぽつんと座って、紀藤がシャワールームから戻ってくるのを待っている。どきどき、どきどき、心臓が騒いで仕方なくて、ペットボトルの水をがぶ飲みしても収まってくれない。

水のおかわりをもらおうとして寝室を出たら、リビングのソファの背凭れに、紀藤のスーツの上着が置かれてあるのを見つけた。ショーが終わってからも、ずっと紀藤はそれを着ていたから、彼の香水が生地に染《し》みついている。

「いい匂い――」

ハンガーに吊るしておくつもりが、名生は上着を抱き締めて、背中の部分に顔を埋めた。紀藤の残り香にうっとりとして、あやうく時間を忘れそうになる。夢見心地でリビングに佇んでいると、不意に近くから声が聞こえた。

「こら」

上着を胸に抱いたまま、後ろから長い腕に抱き竦《すく》められる。名生はびっくりして、体じゅうを固くした。

「スーツに焼きもちを焼かせるつもりか？　君は」

「紀藤さん――」

搔き消されていく香水と、その代わりに二人の間に満ちていくシャンプーの香り。髪を梳《す》くような淡いキスをされて、名生の鼓動はいっそう高鳴っていく。

「三日だ」

「え？」

「そのスーツを受け取ってから、三日、俺は悩んだ。君を傷つけた自分に、それを着る資格はあるのかとな」

「し、資格ならありますっ。――紀藤さん以外に、誰も着れない、スーツです」

「ああ。君ならそう言ってくれると思って、ショーを見に来てくれと電話をかけることができた。どんな商談の電話よりも、緊張した」

「そんな。紀藤さんが、緊張なんて」

「好きな子に、自分の一番格好いい姿を見せるんだ。誰だって緊張して足が震える」

「わ…っ」

急に体が軽くなったと思ったら、名生は逞しい腕に抱き上げられて、シャンデリアの映える高い天井を仰いだ。心許なく足を揺らしていると、そのまま寝室へと連れて行かれて、ベッドに横たえられる。

「名生、ランウェイを歩いていた俺はどうだった？」

そう問いかけてくる紀藤の眼差しが、やけに熱くて、恥ずかしくて、名生は上着で顔を隠した。

「……か……かっこ、よか、った、です」

「ありがとう。君のための、一度だけのモデル業だ。もうあそこには立たない」

布地越しの紀藤のキスが、ちゅ、ちゅ、とこめかみや頬を愛《め》でる。彼のモデル姿がもう見られないのは、少しもったいない気もする。紀藤が上着を取り去る頃には、名生は茹《ゆ》でられたように耳まで真っ赤になっていた。

「かわいいな、君は。心臓の音が俺の方まで聞こえる」

くすす、と微笑みながら、紀藤は薄い胸元にキスをした。唇でバスローブの合わせを掻き分け、その奥にある素肌にも触れてくる。ちゅく、と軽く吸われただけで、名生の体は跳ねた。

「あ…っ」

「君を怖がらせるようなことはしない。力を抜くんだ」

「は、はい――」

「ほら。君の好きな背中にしがみついておいで」

そっと両手を取られて、紀藤の背中へと導かれる。恥ずかしさや緊張が、そこに触れただけで、不思議と収まった。

腰にバスタオルを巻いただけの彼の体は、しっとりとシャワーで濡れている。それを確かめるように掌で背中を撫でる名生に、紀藤はいくつものキスを返した。

「……んっ、……あ……」

髪に落ちてきたキスも、額《ひたい》を吸い上げるキスも、全部が優しい。恋人の行為に慣れていない名生を、丁寧な触れ方で溶かしていく。

「紀藤、さん」

「何だ」

「前に、このホテルのバーで、俺を叱ってくれた時、紀藤さんはすごく怖かった。今日は、別の人みたい――」

出資と引き換えに抱かれようとした名生を、紀藤は厳しく叱った。初めて紀藤に組み敷かれた時の、怖くてたまらなかった彼の姿を思い出して、名生の背中が震える。すると、揺れる睫毛《まつげ》を紀藤の唇がそっと掠めていった。

「あの時は、君が悪い子に育ったと思って怒っていたからな。幼稚園生の頃を知っている相手に、『好きにしてください』と言われたんだぞ？　俺のショックが分かるか」

浅はかなことをした名生を窘めるように、かし、と耳朶《みみたぶ》を噛む。微《かす》かな痛みが走ったそこを、今度は舌の先でなぞられて、名生の震えは甘い痺《しび》れに変わった。

「んくっ…、ごめん、なさ、…んっ、あ、ん。俺は、何も持っていないから、紀藤さんに差し出せるものは、自分しかなかったんです」

「俺は取り引きに人の体を求めたりはしない」

「でも、紀藤さんは俺に言いました。『君は俺に何を差し出せるんだ』って。メリットのない取り引きはしない、って」

「あれは君への謎かけだよ。わざと意地の悪いことを言って、君の真意を探りたかった。あの時君は、俺にこう言えばよかったんだ。『自分は必ず祖父を超える立派なテーラーになる。だから投資をしてほしい』、と」

「じいちゃんを、超える――」

「テーラーの神様と呼ばれた人の腕を、君には追い越してほしい。君が超一流のテーラーになる姿をこの目で確かめられるのなら、俺にとっても大きなメリットだ」

名生はふと、紀藤がパリで、若手のデザイナーやクリエイターを発掘して、活躍の場を与えていることを思い出した。ロランもそうやって紀藤に見出《みいだ》され、成功を摑んだ一人だ。

紀藤は名生にチャンスをくれようとしていたのに、それに気づかなかったなんて。馬鹿だった自分が情けなくて、しゅん、と唇を嚙んだ。

「俺が意地悪をしたことを知って、拗《す》ねてしまったか？」

「う、ううん。紀藤さんの考えを見抜けなかった、俺がいけないんです」

「すまなかったな、名生。君を試すようなことをして」

優しいキスが、また名生の髪に降ってくる。いたわるような唇の軌跡が、髪から耳の輪郭をなぞる愛撫へと変わる。

「俺は君の前では、自分が思う以上に不器用になるようだ。本当にいとおしい人にしか、こんな風に触れたりはしない」

耳元で囁かれた紀藤のまっすぐな気持ちが、彼のキスを通して伝わってきて、名生の心と同化した。名生も紀藤にだけ触れたい。触れてほしい。

「紀藤さん――」

「名生。君のことがたまらなく好きだ。君のどこもかしこも、俺で満たしてやりたい」

「ん…っ、あ、ああ…っ、んっ。し、舌を入れたら、やぁ……っ」

舌で耳孔の奥を犯されて、ぞくぞくと肌が粟立《あわだ》つ。思わず紀藤の背中に爪を立てると、彼は一瞬、息を詰めた。

「――やっぱり君は悪い子だな」

「え…」

「そんな声で俺を誘惑して。めちゃくちゃになりたいのか？」

誘惑しているのはいったいどっちだろう。名生が熱く息を吐き出すと、バスローブを脱がせていた紀藤の手が、ふ、と止まった。温かな彼の掌が、名生の薄い胸元に置かれる。

「少し、痩せたか。前に君に触れた時は、もっと柔らかかった」

名生の小さな変化を、紀藤は見逃さなかった。痩せた理由を秘密にしておくことはできなくて、名生は正直に言った。

「しばらく食欲がなかったから、多分、そのせい、です」

「何――。俺が君を、追い詰めてしまったからか。許してくれ、名生。二度と君を悲しませない」

痛んだような紀藤の切ない瞳に、ううん、と首を振って答える。今、彼がそばにいてくれることが全てだ。キスをして、触れて、抱き締めてくれる。彼に片想いをしたつらい時間は、遠い過去へと押し流されていく。

「もう痩せるんじゃないぞ。後で一緒に食事をしよう。君をもっと太らせなければ」

「もっと俺を、おいしくして、食べるの…？」

「そうだよ。何でもごちそうする」

「嬉しい。……でも、俺は紀藤さんがいいです。一番、大好きだから」

かぷ、と紀藤の首筋を味見したら、彼は体じゅうを震わせて、名生の同じ場所に噛みついてきた。

「んう…っ」

「俺だって君が一番の好物だ。君よりも先に、このまま全部食べさせろ」

脱がされていた途中だったバスローブが、勢いよく剝《は》ぎ取られていく。首筋に赤い痕《あと》をつけながら、名生の太腿《ふともも》に、紀藤が逞しい腰を押しつけてくる。肌に直《じか》に感じた、熱くて硬い彼の塊。紀藤の欲情が名生を焼いて、火に触れたように燃え上がらせた。

「あ、あっ、すご、い」

「君もだ」

紀藤が腰を動かすと、名生の大事なところも、彼の肌を押し上げて疼いている。自分の欲情に惑乱した名生は、ただ紀藤にしがみついて、半泣きになるしかなかった。

「……俺、俺もう…っ、こんなに、大きくなってる」

「とても素敵だ。君のここも、俺のことが欲しいんだな」

「はい……っ」

「――素直な君をどうしてやろう。目を閉じなさい、名生。もう君を離さない」

紀藤の言葉の一つ一つが、耳から名生の理性を押し流して、頭の奥を蕩《とろ》けさせる。従順に閉じていく名生の瞼に、紀藤が吐息で封をした。彼に秒間もなく顎を取られ、く、と顔を上向けられて、荒々しくキスを奪われる。

「ん、ふ」

深く唇を覆った紀藤の唇が、触れるだけではとうてい足りないと、熱烈にキスの角度を変えている。翻弄されて開いた歯列に、彼の舌先が潜り込んできて、あっという間に名生の口腔を征服していった。

「んっ、…く、……んんっ」

舌に舌を搦《から》め捕《と》られ、ぐちゅぐちゅと水音が立つ。自分の内側を直接掻き回されているような、どうしようもなくいやらしい感覚。溢れてくる唾液を飲み込むことができない。

「は、ふ…っ、ん――」

口角から垂れた雫を、紀藤の指が掬《すく》い取る。扇情的に濡れた指を、彼は名生の胸元へと滑らせて、乳首に小さな円を描いた。

どうしてそんなところが感じるんだろう。普段は少しも意識をしたことのない場所が、硬く尖《とが》っていく。

「や、あ……っ、そこ、変」

キスを続けることができなくなって、名生は涙目で訴えた。痛痒《いたがゆ》いような、乳首の先がじんじん痺れて、赤く充血している。

「感じやすいな。指ではもう痛いだろう」

「ああっ、あ……!」

柔らかくて湿ったものが、名生のそこを優しく舐《ねぶ》った。呼吸で上下する胸元に、紀藤の顔が埋められている。くちゅっ、と音がするたび、乳首に電流が走って、名生は舌で愛撫されていることを知った。

「……紀藤さん……っ、んう…っ、ああ……」

のけ反る体を抱き締められ、両方の乳首に同じことをされて、名生はシーツに大きな皺を作った。

波間のように折り重なった、純白のシーツの海に沈みながら、ただ夢中で紀藤が触れた感覚を追う。乳首から鳩尾《みぞおち》、臍《へそ》へとキスが降りていくうちに、名生の視界が薄く霞んだ。

「——名生」

自分の名前を呼ぶ声が、足の間から聞こえる。膝と膝を割るようにして、紀藤の大きな体がそこにある。

「あ……、はあ……っ」

恥ずかしい、と、思う暇さえ与えられなかった。足の間であられもなく膨らんでいた名生の中心が、紀藤の唇に呑まれていく。

名生はたまらず瞼を閉じて、紀藤の髪を指で摑んだ。ひどく敏感な先端に、濡れた舌が纏いつく。

「ひあ……っ！　ああ、ん……っ！」

ほんの少しそうされただけで、名生の瞼の裏側に星が散った。

いやいやをする名生をあやすように、紀藤は舌を先端から付け根へと滑らせる。彼の頬の裏側の感触で、名生は自分の大きさが増していくのが分かった。

「駄目——だめ」

下腹部から性急な快感が湧き上がってきて、弾けてしまいたいと暴れ出す。熱くうねる口腔の粘膜と、感じる場所を知っているかのような舌の動きに、あっけなく意識を持って行かれる。勝手に揺れる名生の腰が、紀藤の喉の奥へと目がけて、熱い猛《たけ》りを押し込んだ。

「いやっ、ああ――、止まらない…っ」

もっと奥へおいで。まるでそう誘うかのように、紀藤は唇を窄めた。は、は、と息を乱して、彼の髪を握り締める。それしか縋るもののない名生の本能が、後戻りできないくらいの大きさになって、ついに弾けた。

「も、だめ。いく……っ、いく、紀藤さん……っ！」

ひくんっ、と喉を喘がせて、名生は一瞬、我を忘れた。迸《ほとばし》り出た白い欲情が、名生の先端から紀藤の口腔を染める。言いようのない快楽の虜《とりこ》になって、名生は何度も、腰を震わせた。

「あぁ…っ、んっ、んくぅ…っ」

ぶるぶると体じゅうを痙攣《けいれん》させて、達してもまだ収まらない欲情に、名生は泣いた。間歇《かんけつ》的に放った熱いものが、嚥下《えんか》の音とともに紀藤に飲み干されていく。

とんでもないことをしてしまった、と、達した後から理性が追い駆けてきて、名生は洟《はな》を啜《すす》った。

「すみません、俺……っ」

「謝っても、君をかわいらしく思うだけだぞ。もう一度いきたいか？」

元から真っ赤だった名生の顔が、さらに色味を濃くしていく。達したばかりで、まだ形を保ったままのそこを、紀藤は掌で包んだ。

「触ったらだめ……っ…」

名生は紀藤から逃れようと、重たい体でうつ伏せになった。快楽の名残《なごり》のある肌は、シーツに擦れただけでひりつくような熱を呼ぶ。必死でそれに耐えている名生を、紀藤は微笑を湛えて見下ろしながら、項《うなじ》にキスをした。

「ひゃっ…っ」

くすぐったくて首を竦めると、つうっ、と舌の先で背骨を愛撫される。紀藤に覆い被さられると、もう逃げる場所がなくて、名生は小さく体を縮こめた。

「たまには俺も、君の背中に触れたい」

未完成な筋肉の稜線《りょうせん》を持つ名生の背中を、紀藤のキスが覆い尽くしていく。彼が触れるたび、赤い小さな痕がついて、まるで花が咲いたようだった。

「君と会わなかった、十年以上の年月は長いな」

「んっ、あ、ん、紀藤さん…っ」

「綺麗な背中だ。まだ発展途上で、これからいくらでも逞しくなる余地がある」

「…紀藤さん、みたいに…?」

「ああ。俺よりも大きくなるのは、少し困るが。君が成長していく姿を、これからはそばで見られるんだな」

「はい――」

「名生。俺に確かめさせてくれ。君が俺を想う気持ちが、俺の気持ちと同じだということを」

ちゅ、ちゅ、と肌を啄みながら、紀藤が名生の背中をいとおしむ。

自分が紀藤の背中に触れたことはあっても、彼の方から、こんな風《ふう》に愛撫されるのは初めてだ。紀藤の姿を見ることができないせいで、感覚だけが鋭敏になっていく。

（ああ、俺、また）

シーツに擦れた名生の中心が、熱を集めて再び屹立《きつりつ》し始めている。堪《こら》え性《しょう》がないそこを、もじもじと隠していると、腰のくぼみを撫で下りた紀藤の手が、名生の尻へと伸びた。たまらずに浮き上がった腰を、長い腕に取られて、そのまま四つん這いにされる。

「や――」

駄目、と言いかけた名生の唇を、紀藤は強引なキスで塞いだ。頭を後ろへ捩《ね》じ向けられながら交わすキスは、息苦しくて、くるおしい。

「ふ、んうっ、んっ」

「ん…。名生――君のここも俺のものにする」

「は、あぁ……っ、きとう、さん…っ」

小ぶりな尻の形を確かめるような、ゆっくりとした掌の動き。双丘の隙間に入り込んでくる不埒《ふらち》な指。自分で触れることさえ恥ずかしい秘所を、紀藤が繊細になぞっていく。

「ひうっ、くっ」

「君の声をもっと聞かせてくれ。俺には何も隠さなくていい」

「だって――そんなところ、恥ずかし、い、……ああ……っ！」

狭い場所に潜り込んでくる指が、名生の頭にそれ以外のことを考えられなくさせた。自分の体の内側で、紀藤の指の熱さを感じている。

微かな痛みと引き換えに得た、直に粘膜を擦られる異物感。あったはずの恥ずかしさが、体の奥深くの小さなしこりを引っ掻かれた途端、強い快楽へと生まれ変わる。

「ふあ……っ、どうして、や……っ、奥の方、おかしくなる……っ」

一度達したはずなのに、四つん這いの下肢の中心で、名生のそこは自分の腹を叩いていた。我慢の利かない先端から、涙のような雫が一筋垂れて、シーツに痕を作っている。

「あっ、はあ…っ、また、いく…っ……」

暴走を始めた名生の体は、もういくらも持たなかった。体内で紀藤に指を動かされて、ぐちっ、ちゅぶっ、と、羞恥《しゅうち》を煽る水音がベッドに散っていく。

「俺ばっかり……っ、いや、やだ……っ」

「ああ。俺を置いて行かないでくれ、名生」

紀藤の目の前で、動物のように高く上げた名生の腰が、しゃくるような動きを繰り返した。

「紀藤さん、お願い、です。俺、もう」

はしたないそれに呼応するように、紀藤が後ろから抱き締めてきて、名生よりも隆々とした自分自身を尻朶《しりたぶ》に押し当てる。かっ、と名生の全身が熱くなった。

「君と一つになりたい。――いいな？」

命令のような、深い声音の囁きに、名生は頷いた。紀藤のことが早く欲しくてたまらなくて、両目は涙でいっぱいだった。

「は、い…っ、……紀藤さんも、一緒、に」

「もう待てない。名生。君に乱暴をしてしまいそうだ」

「してください、ああ、ん……っ！」

たっぷりと快感を教えられた秘所から、紀藤の指が引き抜かれていく。粘膜と同化していたそれを、出て行かないで、と追い縋っているように、名生の腰が揺れた。

野性的な仕草で髪を摑まれ、息をつく間もなく、仰向《あおむ》けに転がされる。長身の体軀《たいく》の下に名生を組み敷きながら、紀藤は捕食者の顔をした。

「名生。今の姿を、俺以外の誰にも見せるな」

（他の人になんか、見せる訳ない）

名生よりもずっと大人で、男らしい顔。でも、独占欲を隠さない紀藤はとてもかわいい。

紀藤の精悍な頬に、彼でさえもどうすることもできない欲情が揺らめいている。名生と同じように。

「紀藤さんのことが、大好き」

名生が紀藤の頬を撫でたのと、彼が名生の膝を抱え上げたのは、同時だった。濡れてひくつく秘所に、紀藤の張り詰めた屹立が宛《あて》がわれる。二人分の鼓動が混ざるのにまかせて、灼熱《しゃくねつ》のそれが、名生の窄まりを押し開いた。

「あ——!」

名生は紀藤の体を抱き締めて、焼き切れるような衝撃に耐えた。腰を進ませてくる紀藤も、固く瞼を閉じている。二人で一つになる——その願いを叶えるための痛みなら、どんなに痛くてもいい。

「紀藤さん……っ」

彼の名前を呼びながら、名生は自分からキスを捧げた。震える唇で彼の唇に触れ、本能のままに吸い上げる。

「……ん、んう」

紀藤のことが好きだ。彼のことだけが好きだ。もう絶対に見失わない。

(俺だけのもの)

名生は両手で紀藤の背中を抱いて、自分以外に誰も痕を残せないように、指先に力を込めた。

「名生——名生」

情熱的な呼び声と、名生の体の奥を押し拡《ひろ》げていく、紀藤の屹立。意識が飛んでしまいそうなほど、大きく腰を打ちつけられて、息ができない。

「んく…っ！　ひあっ、ああっ！」

溶け崩れた粘膜ごと突き上げるように、深いところを貫かれて、名生は弓なりに反った。体ごと激しく揺さぶる律動に、僅かに残っていた理性が根こそぎ奪い取られていく。

自分の中で暴れる紀藤が、熱くて苦しくて仕方ないのに、いとおしかった。永遠に彼と一つでいたい。

「もっと、して。紀藤さんのこと、もっと……感じたい」

「ああ。名生、いくらでも俺をやる」

名生の体内にある、紀藤が指で暴いた感じる場所を、硬い切っ先が擦っている。何度も何度もそうされて、名生にとめどない快楽が湧き出してきた。

律動をやめない紀藤の屹立に、水音まみれの粘膜が無意識に絡みつく。恋人の情熱を全てもぎ取るような、貪欲で我が儘な名生のそこが、限界を迎えて打ち震えた。

「好き……っ、紀藤さん、……きとうさん」

「名生」

「俺のこと、もう絶対に、離さないで——」

ああ、と紀藤の声が聞こえた気がしたけれど、名生の耳はもう役に立たなかった。めちゃくちゃなペースで鳴る心音に、呼吸が追いついていかない。

紀藤が与える快楽の波が、名生を意識の遠く向こうへと押しやった。逞しい背中に必死で縋り、肌と肌の境目さえもどかしいくらい強く抱き締め合って、二人で高みへと駆け上がっていく。

「ああっ、あっ、んっ、あああ……！」

がくんっ、と大きく痙攣しながら、名生は二度目の絶頂を迎えた。紀藤の腹部を白く汚して、幾度も放つ。

そのたびに跳ねる名生の背中を、紀藤は両腕で掻き抱いて、ひときわ強く腰を打ちつけた。

「はあっ、はっ…、は……」

震えるような脈動とともに、紀藤も、どくっ、と熱情を放つ。一つになって果てた証《あかし》を、名生の最奥が嬉しそうに受け止めた。

「愛している。名生」

「……俺、も」

唇をそっと啄まれ、紀藤と溶け合ったまま、甘い、甘いキスをする。時間を忘れて睦《むつ》んでいるうちに、乱れていた二人の吐息は新しい水音に変わって、次の欲情を誘った。

「続けていいか？」

「――はい――」

「我が儘ですまない。君を欲しがり過ぎる俺を許してくれ」

それは自分も同じだと、名生は言葉にする代わりに、キスで答えた。

紀藤の両腕に抱き起こされ、逞しい彼の膝の上に乗せられる。好き。大好き。想いの全てを唇に託して、紀藤と見つめ合いながら、名生は終わりのないキスに夢中になった。

◇

病院に向かう見慣れた道には、数メートルおきに桜の街路樹が植えられている。枝の先で膨らんでいた蕾が、ちらほら濃い桃色の花弁を見せ始めた頃、東京にやっと春らしい春がやって来た。

「こっちでオハナミがしたかったけれど、仕事があるからパリに戻るよ。また連絡する」

昨日、東京を発《た》つ前に一緒にランチを過ごしたロランは、名生との別れ際にそう言って手を振っていた。挨拶代わりの頬へのキスは、もうしないことに決めたらしい。理由を聞いたら、苦笑して彼は答えた。

「だって、ナオの怖い恋人に焼きもちを焼かれるもの」

紀藤のことを、改めて恋人だと言われると、照れくさくてしょうがない。名生の顔を赤くさせるだけ赤くさせて、ロランはパリへ帰っていった。

ロランのショーの記事は、相変わらずネットやファッション誌を賑《にぎ》わせている。日本でも話題のデザイナーになった彼と比べて、病院と叔母夫婦の家を往復している名生の毎日は、いたって静かだ。

祖父の着替えと、頼まれていた本や雑誌、それに病室に飾る生花を抱えて、名生は桜の木の下を歩いた。名生がミラノの学校を休学して、東京に戻ってきてから、もう一ヶ月が経っている。祖父の容体は順調に回復していて、病院食を残さずに食べられるようになっていた。

(もうそろそろ、先生から退院していいって言われるかな)

病気が治っても、祖父にはこれからリハビリが待っている。入院で落ちた体力を戻して、またテーラーの仕事ができるようになるまで、長い時間がかかるかもしれない。

(大丈夫。じいちゃんなら、絶対またテーラーに戻れるよ。俺もそばでリハビリに付き合うからね)

祖父の看護を続けるために、金銭的な負担が大きい学校を退学することは覚悟の上だ。テーラーの修行は東京でも続けられるし、何より、両親の代わりに育ててくれた祖父に恩返しがしたい。それに、宙ぶらりんになっている店の売却のことも、心配だった。

考えることはたくさんあるけれど、暗くなっても何も解決しない。名生は咲きかけの桜の花を見上げて、よし、と自分に気合を入れた。

するとプップッと後ろからクラクションを鳴らされる。歩道の脇に避《よ》けながら、音がした方を振り返ると、黒塗りのベンツが名生のすぐそばで停《と》まった。

「やあ」

後部座席のウィンドウから顔を覗かせた人を見て、名生はびっくりした。

「紀藤さんっ！」

「随分大荷物だな。君もお祖父様の見舞いか」

「は、はいっ」

「乗りなさい。一緒に行こう」

運転席から秘書の夏目が降りてきて、ドアを開けてくれる。ありがとうございます、と子猫のように飛び跳ねながら、名生は後部座席に乗り込んだ。

ロランのショーの後、紀藤とホテルで一晩を過ごしてから、メールは毎日交わしていた。紀藤からのメールは時々語尾にキスの絵文字がついていて、それを大人の彼が指で打ち込んでいる姿を想像すると、名生の胸はきゅうんと鳴った。でも、彼は朝から晩まで仕事で忙しくて、二人で会う時間を作ることはできなかった。

（メールだけじゃ、寂しいって、テレパシー飛ばしちゃったかな）

優しい恋人は、きっと名生のどんな気持ちも受信してくれる。

今日は仕事の途中で見舞いに来てくれたんだろうか。アタッシュケースを脇に置いた紀藤は、名生の仕立てたスーツを着ている。ブルーのグラデーションのネクタイが、春の青空のようで爽やかだ。彼のさりげない着こなしがとても格好よくて、名生の鼓動が跳ねる。

「君に会えてちょうどよかった。連絡をしようと思っていたんだ」

「俺も。紀藤さんの声が聞きたいな、って思ってました」

「かわいいことを言うんだな。嬉しいよ」

えへへ、と微笑んだ名生に、紀藤は溶けるような優しい瞳を向けた。しばらく会えないでいたから、こうして顔を見ることができて、嬉しくてたまらない。

恋人になりたての二人のことを、夏目が運転席からバックミラー越しに見守っている。ロランのように茶化したりしない彼は、名生の仕立てたスーツを紀藤に橋渡ししてくれた。秘密の恋をさりげなく応援してもらえて、少し照れくさいけれど、心強い。

「この時間は、いつも病院で過ごしているのか？」

「はい。じいちゃんもだいぶ元気になってきて、話し相手がほしいみたいだから。それから、退院後のケアとか、リハビリの準備もやってます」

「そうか。——君は確か、ミラノの学校を休学して、看護をしに戻ったんだったな」

「はい。一ヶ月休学する予定だったけど、このまま退学します。じいちゃんのことが心配だし、他の家族は仕事があるから、俺がなんとかしなきゃ」

「退学？　それは君の本意ではないだろう」

「……でも、じいちゃんも店も大変な時に、俺だけ海外でのんびりしてちゃ、駄目だから」

本当はこんなことを、紀藤に打ち明けるのは間違っている。でも、名生は彼にだけは、何でも正直に話したかった。

紀藤がそばにいて、自分が仕立てたスーツを着ている。その姿を見ているだけで、名生の体の中に力が湧いてくるような、不思議な気持ちがした。

「え…っ？」

「名生。君は健気《けなげ》な選択をしようとしているが、君のお祖父様は、それを喜ぶだろうか」

「おせっかいなことを言うようだが、もし俺がお祖父様の立場なら、君にミラノで勉強を続けてほしいと思う」

「紀藤さん――」

とくん、と胸が騒いだのを、名生は忘れてしまおうとした。紀藤にそんなことを言われたら、せっかく心に決めた覚悟が揺らいでしまいそうになる。

「君とお祖父様、二人が最善の選択ができるように、俺から提案したいことがある。これを見てくれ」

紀藤は座席の傍らにあったアタッシュケースから、数枚の書類を取り出した。名生の瞳に、『「テーラー・ハヤミ」業務提携案』という見出しが飛び込んでくる。

「えっ？　これ…っ」

「ＫＣＧの営業部会で、正式に稟議《りんぎ》された支援策だ。『テーラー・ハヤミ』と業務提携を結び、銀行の融資の返済分と、お祖父様が仕事に復帰されるまでの全費用を、こちらが援助するという内容になっている」

「う、嘘ですよね…？」

名生は指を震わせながら、紀藤に手渡された書類をめくった。緊張してうまく働かなくなった頭には、難しい文章がちっとも入ってこない。

「今日、これからお祖父様の同意を得られれば、すぐにでも銀行側に話をつけよう。お祖父様も安心して治療に専念できるだろう」

「どうして？　紀藤さん、どうしてじいちゃんの店を、助けてくれるんですか？」

「援助に見合うメリットがあると、我々が判断した結果だよ。この業務提携でＫＣＧは、富裕層向けの紳士服部門を強化できる。まだ先の話だが、お祖父様にはいずれ、テーラーを養成する顧問職にも就いてもらいたい」

「で、でも…っ、紀藤さんの会社と、提携なんてっ。う、うちは、小さいテーラー店なのに」

驚き過ぎて、しどろもどろになった名生に、紀藤はくすっ、と微笑んで見せた。

「本当は、俺の私情で稟議を通すことも考えていたんだ。――この俺が仕事にプライベートを持ち込みそうになるなんて、まったく君には参る」

「お、俺っ？」

「そうだ。君がいいサンプルをくれたおかげで、社の人間を納得させることができた」

紀藤はそう言うと、スーツの胸元に手をやった。

「君が仕立てたこのスーツ、ショーの後でバイヤーから問い合わせが殺到したそうだぞ」

「ええっ⁉」

「何だ、ロランから聞いていなかったのか？」

「全然聞いてませんっ。ロランはもうパリに帰っちゃったし……、昨日一緒にランチをしたのに、どうして言ってくれなかったんだろう」

「デザイナーのプライドが邪魔をしたのかもしれないな。とにかく、君はもう立派に実績を作った。『テーラー・ハヤミ』には、将来性のある腕の確かな跡取りがいることを、俺は社の人間にアピールすることができたよ」

「信じられない。こんなことって、本当にあるんだ……っ」

まるで魔法にかけられたような、信じられない気持ちだった。嬉しくて、面映《おもは》ゆくて、眩暈を起こしかけている名生を、紀藤が温かな眼差しで見つめている。

「もう君は、何も心配しなくていい。お祖父様のリハビリには知り合いの専門家を紹介しよう。君はミラノに戻って、今以上に腕を磨くといい」

「はい…っ、ありがとうございます！」

「俺も近々、パリの本社に戻る予定だ。――向こうのオフィスと、自宅に君を招待したい。いいだろう？」

「はいっ。お土産を持って遊びに行きます」

「楽しみにしている」

紀藤は嬉しそうに囁きながら、名生の髪をくしゃりと撫でた。

緩やかに走る車は、桜の植えられた通りから、病院の敷地内へと静かに入っていく。祖父の病棟のある建物が見えてくると、紀藤は髪を撫でていた手を、名生の手の上に重ねた。

「さあ、お祖父様に君のスーツを見せに行こう。きっと褒めてくれるはずだ」

名生は大きく頷いて、紀藤の手を強く握り締めた。

建物のエントランスで車は停まり、先に降りた紀藤が、春の眩しい陽射しを体に浴びている。彼の光り輝くような背中を追い駆けて、名生も車を降りた。

END

ちいさな休日

1

高速で山岳地帯を駆けるTGV《テジェヴェ》の車窓に、遠くフランス国境のモンスニー峠が見えてくる。朝早くミラノ・ポルタ・ガリバルディ駅を出発した名生《なお》は、イタリア側から見えるアルプスの山々の風景に、わあ、と声を上げた。

「カメラを持ってくるんだったなあ」

車窓を彩る六月の緑に覆われたその風景が、もう夏が始まっていることを感じさせる。日本では梅雨のうっとうしい季節でも、こちらは乾燥した涼しい毎日のおかげで快適だ。

ミラノからパリへ向かう交通手段で、名生が鉄道を使うのは初めてだった。庶民的な二等の車両は乗客でほとんど埋まっていて、二人掛けの名生の座席の隣には、小さな体を丸めるようにして老婦人が眠っている。

名生はアルプスを眺めていた瞳を手元に戻して、縫い針を持っていた指を動かした。一時間半の所要時間の飛行機より、七時間もかかる列車の旅を選んだのには訳がある。

(飛行機で縫い物をしたら危ないもんな。よかった。パリに着く前に、仕上げられそうだ)

針から伸びている白い刺繍糸《ししゅういと》は、名生の膝の上のサックスブルーのシャツへと繋《つな》がっている。左袖の肩から少し下げた位置に、今ネームを縫い込んでいる最中だ。

一ヶ月の休学の後、三月の終わり頃からまた通い始めたミラノの服飾学校で、先日シャツを製作する実習があった。デザインは生徒たちが自由に考えることができて、同級生の中には奇抜なものを作った奴もいたけれど、名生はオーソドックスなワイシャツを仕立てた。

採点の厳しい担当の先生に、特A評価をもらったそのシャツは、名生の体のサイズよりも随分大きい。最初からプレゼントにするつもりで仕立てて、今朝列車に乗り込む前に、忘れずにキャリーケースに詰めたのだ。

(紀藤《きとう》さん、喜んでくれるかな)

あと数時間経《た》ったら、大好きな人に会えるのかと思うと、わくわくする。まだうんと子供の頃に、名生を大きな背中におんぶして遊んでくれた人。十年以上も時間が経って、その人は名生にとって誰よりも大切な恋人になった。今はパリとミラノに離れて暮らしていて、会うのは三ヶ月ぶりになる。

本当はプレゼントのラッピングにも気を遣って、真っ赤な大きなリボンで飾りたかったのに。学校で出される課題に追い立てられているうちに、忙しく毎日が過ぎて、こうして列車の中でネームを刺繍することになってしまった。

シャツの左袖で小さく自己主張する、崩しイタリックの『Takahiro.K』。オーダーシャツの刺繍ではよく使う書体だ。自分の名前を縫い込むよりも、恋人の名前を縫い込む方がずっと緊張する。

「……ねえ、あなた。日本の方？」

ふと、隣の座席から声をかけられて、名生は顔を上げた。さっきまで居眠りをしていた丸《まる》眼鏡《めがね》の老婦人が、皺《しわ》のある瞼《まぶた》をしょぼつかせて、名生のことを見ている。

「あ、は、はいっ。そうです」

「フランス語は分かるの？」

「はい。少しなら」

そう、と頷《うなず》いて、老婦人はずれた眼鏡をかけ直した。東洋人の若い男が刺繍をしている姿を、奇妙に思ったに違いない。名生は慌てて針を置いた。

「すみません、マダム。お休みのところを邪魔しちゃって」

「ちっとも邪魔なんかしていないわ。私が眠る前から刺繍をしていたようだから、随分熱心だこと、と思って」

にこりと微笑《ほほえ》まれて、名生はほっとした。老婦人は警戒心で声をかけてきたのではなさそうだ。

笑うとより深くなる彼女の目尻の皺が、名生に日本にいる祖父のことを思い出させる。病院を退院した後、祖父からは体力をつけるリハビリに励んでいると連絡があった。このまま順調に体を治して、テーラーの仕事に復帰してくれたらいい。

「『Takahiro』はあなたのお名前？」

「いいえ。これをプレゼントする人の名前です。パリに着くまでに仕上げたくて」

「とても上手な刺繍ね。ひょっとして、シャツもあなたの手作りかしら」

「はい。ミラノの服飾学校で仕立ての勉強をしているんです」

「まあ、素敵。私もお裁縫には少し自信があるのよ」

ほら、と言って老婦人が取り出したのは、カラフルなパッチワークのポーチだった。ふわりと爽やかな香りがすると思ったら、そのポーチの中には、ミントの葉で作ったポプリが入っている。

「これも私の手作りなの。旅のご縁に、あなたに差し上げるわ」

「ありがとうございます、マダム。とてもいい香りがしますね」

名生は老婦人から小さなポプリの包みを受け取って、すう、とその香りを嗅《か》いだ。パリまでまだ先は長い。旅の間のいい話し相手ができて、名生は嬉《うれ》しかった。


ミラノからの直行便が、パリ・リヨン駅に到着したのは、午後一時を過ぎた頃だった。家族が迎えに来ていた老婦人と、駅のホームで握手をしてから別れて、待ち合わせの場所へと向かう。

賑《にぎ》やかなコンコースを横切ってから、リヨン駅の目印である有名な時計台の真下に出ると、人待ち顔の人々がたくさん立っていた。

「紀藤さん、もう来てるかな――」

キャリーバッグのキャスターをごろごろ鳴らして、名生は恋人を探した。パリは多国籍な街だから、行き交う人の人種も様々だ。小柄な体で一生懸命爪先《つまさき》立ちをして、辺りをきょろきょろ見回していると、スーツを着た黒髪のパリジャンの後ろ姿に目を奪われる。

逞《たくま》しい肩と、広い背中。姿勢のいい、スーツのよく似合う彼。会いたくてたまらなかった恋人を見つけて、名生は彼に向かって勢いよく駆けた。

「紀藤さんっ！」

「うわ…っ！」

子供のように飛び跳ねて、名生は力いっぱい紀藤の背中に抱きついた。

「捕まえたーっ」

「名生――。びっくりさせるな。君は心臓に悪いな」

紀藤が苦笑しながら、精悍《せいかん》な男らしい顔を名生へと向ける。パリの空の下で再会した彼は、世界一洒落《しゃれ》た街がよく似合う。名生は甘えることをやめられなくて、ぎゅうぎゅう彼の背中に頬《ほお》をくっつけた。

「こら。もし人違いだったらどうするつもりだったんだ」

「俺が紀藤さんの背中を、他の人と見間違える訳ないよ」

「長い間、父親の背中だと勘違いしていたくせに？」

さらりと禁句を言う紀藤のことが恨《うら》めしい。名生はばつが悪くて、声のトーンを落とした。

「……ごめんなさい。紀藤さんにめちゃくちゃ会いたかったから、我慢できなかった」

「そういうことは、せめて俺の顔を見ながら言ってくれないか」

紀藤は長い腕を伸ばしてきて、名生の服の後ろ襟を摑《つか》んだ。ひょい、と名生を簡単に持ち上げておいて、彼は自分の体を反転させる。

「え…っ？」

ぶわっ、と目の前にバラの花を差し出されて、名生はびっくりした。ピンク色の花弁が鮮やかな、何十本ものバラの大きな花束だ。

「まったく君は。俺に格好をつけさせる暇も与えてくれないな」

「紀藤さん――こんなすごい花束、俺に？」

「受け取ってくれ。再会のプレゼントだ」

「き…、き、きざ過ぎますよ……っ」

「好きな子が遠いミラノから会いに来てくれたんだぞ。花の一つも用意しないと、いっぱしのパリジャンとは言えない」

花束の向こうから、綺麗《きれい》な黒い瞳で覗《のぞ》き込まれて、どきんっ、と名生の鼓動が跳ねる。

見上げるほど高い位置にある紀藤の顔は、蕩《とろ》けそうなくらい優しい笑顔だった。彼も会いたがってくれていたことがすぐに分かる。

「ありがとう、紀藤さん。すごく、嬉しいです」

「喜んでもらえてよかった。ほら名生、抱きつくならこっちだ」

温かい胸に抱き寄せられて、名生は一瞬、何も見えなくなった。耳の端で聞こえた紀藤の鼓動。彼の温《ぬく》もりと、バラの花に混ざった甘い香水の匂い。その全部に焦がれていた。

「ようこそ、パリへ。列車の旅は長かったか？」

「はい……っ」

「近くに車を待たせてある。まずは食事でもしながら、俺を七時間もじらした理由を聞こうか」

紀藤は名生を強く抱き締めながら、耳朶《みみたぶ》にキスをするようにして囁《ささや》いた。恋人どうしの再会を祝福しているのか、どこかから生演奏の楽器の音が聞こえる。

今日はパリの夏至。街じゅうで丸一日音楽に親しむお祭り、『FETE DE LA MUSIQUE』が開かれている。こんなに楽しい日に紀藤と一緒にいられるなんて、幸せ過ぎて名生は怖いくらいだった。

丸くエスカルゴのように区画が分かれているパリの街で、ファッション街と言えばブランド店の多いサントノーレ通りのある一区、そして高級住宅街と言えばブローニュの森を望む十六区だ。

オペラ座界隈のレストランで食事をした後、名生は十六区にある紀藤のアパルトマンへ招待された。まるで古い美術館のような、意匠を凝らした豪奢《ごうしゃ》な建物が並ぶ一角。その中でもとりわけ大きな紀藤のアパルトマンは、彼自身がオーナーを務めているらしい。大理石の玄関ホールに入るなり、名生は驚いて声を上げた。

「す、っっごい、広……っ！」

遥《はる》か頭上にある、宗教画を配した天井に、名生の声が反響している。玄関だけで感動している名生を、紀藤はくすくす笑いながらエレベーターに乗せた。

「古い格子の柵《さく》だ。フランス映画でこういうの見たことあります」

「このエレベーターはちょうど名生のお祖父様くらいの年齢なんだよ」

「えっ！　じゃあもう七十歳？　よく動いてるなあ…っ」

建物の外観にも歴史を感じたけれど、内装も相応に古いらしい。骨組みだけの壁で覆われていないエレベーターが動き出すと、頬に直接風を感じて、ちょっとしたジェットコースター気分がする。

「け、けっこう揺れますね、紀藤さん」

「すまないな。新しいエレベーターに改装しようとしたら、住人の大半から、愛着があるからこのままがいいと嘆願されたんだ」

確かに、こんなアンティークな造りのエレベーターは、歴史的建造物だらけのパリでも少ないかもしれない。

エレベーターを降りた最上階の全てが紀藤の自宅で、いったい部屋がいくつあるのか数え切れない。専任のコンシェルジュに出迎えられて、リビングに通された名生は、大きな窓から見えるブローニュの森の景色に釘付けになった。

「わあ……っ、こんなに森が近いんだ」

「ロケーションには自信があるぞ。今日は夏至の音楽祭だから、この界隈も少し賑やかかもしれないが」

「本当だ。誰かがヴァイオリンを弾いてる」

昼下がりの緑の森にたゆたう、優雅な弦の音。大都市なのに、のどかな顔も垣間見《かいまみ》せる魅力的なパリの街。恋人と一緒に過ごすのに、こんなに絵になる街が他にあるだろうか。

「俺の自宅は、気に入ってくれたか？」

「はいっ。何だかもう、いろいろすご過ぎて、訳が分かんないけど」

「はは、好きに探検してくれていい。フロアの反対側の部屋からは、エッフェル塔も見える。

どこでも、君の気に入った部屋を使ってくれ」

「ありがとうございます！　でも、こんなに広い家に一人で住んでて、紀藤さん寂しくないですか？」

以前紀藤は、一人で食事をするのが嫌いだと言っていた。この家には執事やメイドがいても少しもおかしくない。

「普段は友人や職場の連中を呼んで、ホームパーティーを開いたりしているよ。ビジネスの相手を招くこともあるし、寂しいと思ったことはない」

「そう、なんだ」

ちぇ、と名生は心の中で拗《す》ねた。

（いいな、紀藤さんとホームパーティー。俺だってこっちに住んでたら、毎日でも紀藤さんに会えるのに）

ミラノの名生の自宅は、学校から紹介された小さな下宿だ。カフェを経営している夫婦が貸し出している部屋で、隣の部屋には同級生が住んでいる。簡単なイタリア料理を教えてもらえて自炊できるし、休日にカフェでバイトをすれば家賃もまけてくれて、それなりに楽しい暮らしだ。

でも、ミラノとパリはやっぱり遠い。恋人になったばかりなのに、この街で仕事をしている紀藤と遠距離恋愛をするのは、寂しくないと言えば嘘になる。

（紀藤さんは大人だから、こんなこと考えたりしないよな。いつも……いつも会いたいって思ってるとか、俺だけだ）

例えば夜眠る前に、電話をかけて紀藤の声を聞きたいと思っても、メールで我慢している。彼が真夜中まで仕事で忙しいことはよく分かっているから、名生なりのルールだ。十三歳も歳《とし》が離れた大人と恋人でいるには、二十歳《はたち》の名生はまだ子供過ぎる。

（もうちょっと俺が大人だったらいいのに）

自分だけ時間を早回ししたいと思っても、どうしようもない。そんな叶《かな》わない願いを抱えていると、紀藤の大きな掌《てのひら》が伸びてきて、名生の頭を、ぽすん、と包んだ。

「名生。これから先は、俺はきっと一人暮らしがつらくなると思う」

「え？」

「――君をここに招待してしまったから。君がミラノに帰ったら、俺は寂しくて、食事も喉を通らないだろうな」

「紀藤さん……」

彼も同じ気持ちでいたなんて、嬉しくてたまらなかった。恋は大人も子供に戻してしまうのかもしれない。そうだったらいい。

「会いたかったよ、名生」

「俺、も」

「こんな気持ちを抱《いだ》いていたのは、俺だけかと思って心配していた」

ううん、と名生が首を振ると、紀藤は揺れる髪の先にキスをした。優しい彼の唇の軌跡が、髪から耳の輪郭を辿《たど》るにつれて、熱っぽいものへと変わっていく。

「君をすぐに欲しがってもいいか？」

かっ、と赤くなった頬にもキスが降ってくる。だんだんと体温を上げていく名生の腕の中で、バラの花束が窮屈そうにしていた。

「紀藤さん、バラを、お水に浸けてあげないと」

「花屋に吸水の処理はちゃんとしてもらっているよ」

「でも……っ、俺、長い時間乗り物に乗ってたから、汗、かいちゃって」

「君は俺をじらしたいのか、煽《あお》りたいのか、どっちなんだ？」

紀藤の甘い求愛が恥ずかしくて、名生はますます真っ赤になった。ふわふわと足元が定まらないと思ったら、膝の裏に入ってきた逞しい腕に、体を持ち上げられる。

「わっ……っ」

「バラも君も、一緒に満たされるところへ行こう」

そう言うと、紀藤は名生を抱いたままリビングを出て、廊下の先にあったドアを開けた。

壁一面の鏡と、高級そうな陶器で作った洗面用のシンク。紀藤はそこに水を溜《た》めて、名生が持っていた花束を浸した。

「次は君の番だ」

紀藤が囁きながら、もう一度キスをしてくる。唇が重ねられた時はもう、名生の肩からパーカーが滑り落ちていた。くちゅ、とキスの角度を変える間に、ジーンズのベルトのバックルが外されていく。悔しいくらい器用に動く紀藤の指に、名生は抗う術《すべ》もなく裸にされた。

「ん…っ…、紀藤さん――」

大理石のひんやりとした足元を、名生の着ていた服が埋めている。そこへ次々に脱ぎ落とされていく紀藤の服。皺なんて二人とも気にしていられない。

鏡に映り込んでいた、ガラス張りのシャワールームへと、紀藤はキスを続けたまま名生を促《うなが》した。キュル、と何かが回る音がして、名生よりもうんと高い位置にあるヘッドから、柔らかなシャワーの湯が降り注ぐ。

「名生。君に会えない間、ずっと君に触れることばかり考えていたよ」

「俺も……っ」

すぐさまキスを奪ってきた、紀藤の唇の温度が熱い。瞬《またた》く間に歯列を割られ、舌の在り処《ありか》を探られて、名生の息が乱れていく。

(溶けちゃいそうだよ――紀藤さん)

遠いミラノの街で、毎日、毎晩、こうしたいと思っていた。紀藤に触れたかった。口腔で暴れる彼の舌の動き一つ一つに、同じ舌を不器用に絡《から》ませながら応える。

「んっ、う、ん」

しっとりと濡《ぬ》れた紀藤の髪先が、名生の頬を撫《な》でてくすぐったい。息継ぎにキスを解いた後も唇が火照《ほて》って、うまく酸素を吸えなかった。

「は…っ、はあ、……紀藤さん…」

「君のどこもかしこも、俺が洗ってやろう」

「俺も……、背中、洗ってあげる」

ボディソープをポンプから二人で出し合って、互いの肌を撫でるようにしながら戯《たわむ》れる。紀藤の背中は前に会った時と変わらず大きくて、掌に感じる筋肉の起伏に、名生はどきどきした。

名生の背中にも紀藤の手が這《は》い回り、白い泡の下で、不埒《ふらち》な円を描いている。だんだん紀藤の手が腰の方へと下りてくると、名生は感じて、肌を震わせた。

「あ……っ、ふ、んん……っ」

抱き寄せられるままに体を密着させると、二人の体の間で泡が混じり合う。洗いっこをしているだけでもう膨らんでいた名生の中心が、同じように欲情を訴える紀藤のそれと擦《こす》れていた。

「あぁ——」

ぬるりとした泡の感触が、余計に艶《なま》めかしくその場所を熱くする。いたずらな紀藤の腰の動きに煽られて、名生の膨らみは硬くなった。

「あっ、や、紀藤さん……っ」

そんなに強く擦り付けられたら、すぐに弾《はじ》けてしまう。名生が体を離そうとすると、紀藤の両手が丸い尻朶《しりたぶ》を包み込んで、それ以上逃げられなくした。

「んく……っ」

「離さないよ、名生。——力を抜いて」

「……あ……！」

柔らかな肉の狭間《はざま》に分け入るように、紀藤の長い指が名生の秘所へと潜り込む。泡の滑りに助けられた指先が、固く閉じていたその場所を溶かした。

「ああ……っ、んぅ——」

体の中で指が動く、どうしようもなくいやらしい感覚が、名生の頭を真っ白にさせる。臆病に震えていた粘膜が、武骨な関節に丹念に解《ほぐ》されて、蕩けた蜜へと変わっていく。体の奥からせり上がってくる、速鳴りの鼓動のような射精感に、名生は抗うことができなかった。

「ま…、待って……俺、——もう、いく…っ」

がくがくと腰を揺らして、名生は一番感じる場所を抉《えぐ》る紀藤の指を食い締めた。シャワーの音よりも激しい、自分の体内から聞こえる水音。啜《すす》り泣くような悲鳴ごと、キスに理性を奪い取られていく。

「……っ！」

びくん、と大きく体を跳ねさせながら、名生は弾けた。気を失ってしまいそうなくらいの、強い快感だった。

「んあ…っ、はあ……、は…っ」

密着していた紀藤の体を、名生が放った白い痕《あと》が汚している。泡とともにシャワーで流されていくそれを、見つめる猶予は名生には与えられなかった。

「少しも待てなかったみたいだな」

「だって…っ、ご、ごめんなさい」

「何故《なぜ》謝る？　素直で感じやすい名生はとてもかわいいのに」

真っ赤に染まった名生の耳の先を、紀藤が歯で優しく齧《かじ》る。そうやって快感が引かないようにしながら、紀藤は名生の両手を壁につかせた。

「ふ、あ……っ」

シャワールームに、ぐちゅん、と濡れた音が響くとともに、名生の中から紀藤の指が引き抜かれる。彼の方へと腰を突き出した格好が、恥ずかしさを余計に煽った。

「見ない、で。やだ」

泣き言とは裏腹に、足の間で揺れる名生の中心は硬いままだった。本当はこんな風にされるのが嫌じゃないことを、背中側から降ってくる恋人の視線が、何もかも見透かしている。

紀藤は名生の腰を両手で掴むと、猛《たけ》った自身を押し当てながら、ゆっくりと体重を預けてきた。

「名生――」

「あ…っ、紀藤さん……っ！」

指で蕩かされていた名生の秘所に、紀藤の張り詰めた欲情が埋められていく。名生を欲しがってやまない彼の屹立《きつりつ》に、体の奥の奥まで満たされていく。

「ああ……！　あ、ん、あぁ、ああぁっ」

紀藤と一つになる瞬間、いつも泣きたい気持ちになるのはどうしてだろう。痛みと熱と、抗えない快感に、めちゃくちゃにされる。

上気した頬を、名生は大理石の白い壁に擦りつけた。冷たいはずのそれが、体温を吸って仄《ほの》かに熱を持っていく。紀藤の律動が激しくなるごとに、その熱は際限なく上昇していった。

「あっ、はぁっ、ああっ、い…っ、いあ、んうっ」

「名生、つらいか…？」

「う、ううん、へいき…っ。ずっと、こうしたかった、よ。紀藤さん――好き」

「名生……っ」

「大好き。だから、もっと」

もっと、して欲しい。顔だけを後ろに向けてそう乞うと、微笑む紀藤と目が合った。啄《ついば》む

ようなキスをくれた彼に、もっと熱いキスでお返しをする。

「あんまり俺を焚《た》きつけるな。君を愛し過ぎて壊してしまわないように、努力するよ」

情熱的な囁きが、名生を耳から追い上げていく。自分の中で暴れる紀藤を感じながら、名生は何度も彼の名前を呼んで、バスルームの壁に爪を立てた。


閉ざした瞼の向こうが、やけに明るい。朝になったのかとぼんやり思いながら、名生は寝返りを打った。やたら肌触りのいいシーツと、重さを感じない羽根の掛布団。ミラノで下宿をしている部屋よりもずっと寝心地がいい。

「ん……。いい匂い……」

頭が目覚めるよりも早く、鼻がバラの香りに気づいた。だんだんとはっきりしてきた意識に呼応するように、眠たい瞼を擦りながら瞳を開ける。高い天井。広いベッド。家具の上に置かれた花瓶にはピンクのバラ。ここは、自分の部屋じゃない。

（そっか。俺、パリにいるんだ）

もそもそとベッドから起き出して、部屋の壁にかけられた西洋骨董の時計と、茜色《あかねいろ》の窓の外を交互に見る。時刻は九時半を過ぎたところ。朝焼けにしては遅い時間だ。

「――名生？　ちょうどよかった。起きたんだな」

コツ、とドアをノックして、紀藤が寝室に顔を覗かせる。彼はニットにコットンのパンツというラフな格好に着替えていた。

「紀藤さん。おはよう、じゃないよね？」

「ああ、今は夜だよ。パリは緯度が高いから、この季節は夕焼けがこんな時間になる」

「あはは。時差ボケになりそう――」

北極圏の白夜とまではいかないけれど、がんばり過ぎるパリの太陽を楽しむのもいいかもしれない。

バスルームでのぼせるまで抱き合った後、ベッドでも何度も求められて、名生は力尽きて眠ってしまった。紀藤が着せてくれたんだろう。白いリネンのパジャマのサイズが、少し大きい。

「腹がすいただろう。二度寝をする前に、ワインとチーズを用意したから、リビングへおいで」

「はい」

名生がドアの方へ駆け寄ると、紀藤は嬉しそうに手を取った。

二人で手を繋いで歩いても、部屋の中なら誰も見ていないから恥ずかしくない。ぎゅ、と名生が彼の指を握り締めると、リビングに辿り着く前に、何度もキスを奪われた。

「んんっ……、紀藤さん、俺じゃお腹《なか》の足しにならないよ?」

「そんなことはないさ。——ああ、デザートに取っておくべきだったな。君の唇は甘いから」

「ちょっ、どうしてそんなこと、さらっと言えるんですか」

「パリジャンのこの手の台詞《せりふ》は、胸やけがするくらい過剰だぞ。君が住んでいるミラノの男だってそうだろう?」

「間違ってないけど……。何だか俺、紀藤さんに会ってからずっと顔が赤い気がする」

ふふ、と微笑みながら、紀藤は照れている名生の頬にもキスをした。

リビングのテーブルの上には、オレンジ色の火が揺れるキャンドルと、その明かりを反射させるワイングラス、そして何種類ものチーズを使った紀藤の手作りのつまみが並べられている。

名生は瞳を輝かせながら、パジャマの体をソファに預けた。

「おいしそう! 紀藤さん、料理ができるんですね」

「ああ、簡単なものなら。こっちの味に慣れても、時々絹ごし豆腐の冷奴《ひややっこ》がむしょうに食べたくなったりするよ」

「俺も俺も。フランスやイタリアで手に入る豆腐って、けっこう硬いですよね」

テーブルに冷奴はなかったけれど、モッツァレラチーズをスライスしたものはあった。別の皿にトマトとサラミ、バゲットが添えられていて、サンドイッチにできるのが嬉しい。

「ワインを開けよう。俺の独断でボトルを決めてしまったんだが、かまわないか？」

「はい。俺、ワインはあんまり詳しくないから、おまかせします」

二十歳になってそう時間が経っていない名生は、ワインに限らずアルコールの味がまだよく分かっていない。服飾学校の同級生たちはみんなワイン好きで、名生にもたくさん飲ませようとするけれど、本当においしいと思ったことはまだ一度もなかった。

「紀藤さんはお酒が強そうですよね」

「ほろ酔いで嗜《たしな》む程度だ」

「それ本当かなあ」

ちら、とリビングにあるキャビネットを見ると、ガラスの扉の向こうに高級そうなブランデーのボトルがたくさん収められている。こんなに広い家なら、きっとワインセラーがあるだろうから、紀藤のコレクションは相当なものだろう。

「今日は赤の軽めのものを用意した。よく利用するマルシェの酒屋に、手に入ったら分けてくれと頼んでおいたんだ」

「えっ。珍しいワインなんですか？」

「規模の小さいシャトーで作られた、あまり流通に乗らない銘柄だ。一度飲んだら、とてもおいしかったから、君にも紹介してみたいと思ってな」

「紀藤さんが、俺に――」

「君とお祖父様の店で会った時に、ワインとチーズで歓迎すると言っただろう？　自信のないものは出せないよ」

そんなに前のことを、紀藤が覚えていてくれたことに、名生は驚いた。

（あれはただの社交辞令だと思ってたのに。紀藤さんは本当に俺を、この家に招待してくれようとしてたんだ）

優しくて、愛情深い紀藤の気持ちが、とくん、と名生の左胸を騒がせる。

銀座にある祖父の店、『テーラー・ハヤミ』で、紀藤に最初に採寸をした時のことを思い出す。子供の頃にかわいがってくれた紀藤のことを、少しも思い出せなかったあの時の自分を、彼はどう思っただろう。

「紀藤さんは、俺と再会した時、どう思いましたか？　……イメージが変わったりとか、してましたか？」

「面影《おもかげ》はそのままだったな。さすがに記憶の中の幼稚園生の顔を、今の君の顔にすぐトレースできた訳ではなかったが」

大きな紀藤の手が、器用にソムリエナイフを操っている。ボトルの中でワインの澱《おり》が混ざらないようにしながら、彼は丁寧にキャップシールを切った。

「俺のおんぶで機嫌をよくしていた子が、随分大きくなったものだ、と思った。君が俺を覚えていないのはすぐに分かったから、当時の話をするのはやめたよ」

「――ごめんなさい。紀藤さんのことを、お父さんと間違えてて、すみませんでした」

「名生。俺は怒った訳じゃないぞ」

「でも…っ」

「嬉しかったんだ。君があの店にいてくれたことが」

「嬉しい？　どうして？」

「君と俺は、もう一度出会う運命だったたってことだろう」

瞳を見開いた名生に、くす、と微笑みかけながら、紀藤はコルク栓の中央にスクリューを刺し込んだ。固く閉じられていたそれを、まるで神聖な封印を解くように、ゆっくりと引き抜いていく。

「本当に、怒ってない――？」

「名生」

紀藤はソムリエナイフをテーブルに置いて、名生を広い胸へと抱き寄せた。

「どうした。心配しているのか？」

こく、と名生が頷くと、紀藤はパジャマの背中を手で摩《さす》って、そして声をひそめた。

「何か一つ、タイミングやきっかけがずれていたら、俺たちは再会できなかった。今日のように家に名生を招いて、二人きりの時間を過ごすこともなかった」

「紀藤さん」

「名生ともう一度会えたことが重要なんだ。君が俺のことを覚えていても、覚えていなくても、俺は君に恋をしたよ」

名生が欲しい言葉を、欲しい時に惜しみなくくれる紀藤は、とんでもない甘やかし屋だ。でも、彼の気持ちが嬉しくて、胸に頬を埋《うず》めたまま離れられない。

「好き。紀藤さんが、大好き」

自分も紀藤に、恋をしている。彼のことを覚えていても、覚えていなくても、この恋は始まっていた。摘み取った葡萄《ぶどう》の実がワインに熟成されるくらい、長い時間がかかっても、きっと紀藤を好きになっていた。

「俺はいつも、君に先にその言葉を言わせてしまうな」

「……俺、考えてることが全部口から出ちゃうから……」

「まったくだ。君から背中フェチだと告白された時は、なかなかの衝撃だったよ」

「っ！　あの時やっぱり紀藤さん、心の中で笑ってたんだっ」

「正直なのは君の一番いいところじゃないか。でも、臆病でずるい俺は、背中よりも俺自身が愛されているという証拠がほしい」

こめかみを甘噛《あまが》みして、紀藤がキスの催促をしている。名生の方から唇を重ねて、呼吸の一つも許さないように、彼の口中を舌で満たした。

名生ができる、せいいっぱいの背伸びをした濃密なキス。紀藤は臆病でも、ずるい人でもない。甘やかしたがりで、甘えたがりのいとおしい人。——大好きだ。

「んっ、んん」

「名生——」

「これが、証拠です」

「……ありがとう。君は素敵な大人になったな」

唇を離して、はふ、と息をついた名生を、紀藤は大人だと褒めてくれる。彼が褒める余裕もなくなるくらい、いつか本当の大人になって、すごいキスでめろめろにさせたい。

「乾杯をしよう。君とワインが飲みたくて仕方ない」

「はい」

ぽん、と背中を叩いて、紀藤は抱擁を解いた。栓を開けたばかりのワインボトルが、テーブルの上で二人のグラスに注ぎ分けられるのを待っている。

「軽くテイスティングをしてみるか?」

「グラスをくるくる回して、詩みたいな感想を言うやつですよね。やってみようかな」

「あれは詩ではなくて味わいの鑑定なんだが…。ふふ、君らしくておもしろい」

そう言うと、紀藤は名生のグラスに静かにワインを注いだ。二口分ほどの分量だ。

「どうぞ」

「いただきます。色は綺麗に澄んだ赤。香りは……えっと、葡萄の葉をしっとりと濡らす、朝露のようにほうじゅんな……？」

ぶっ、と紀藤が噴き出して、あやうくボトルを取り落としそうになる。名生が頭を総動員して考えたテイスティングは、彼にはジョークだったらしい。

「無理はしなくていいんだよ、名生」

「む、無理なんかしてませんっ。ほらっ、くるくる回すのだってちゃんとできるしっ」

「そんなに激しく回したら、せっかくの香りが飛んでしまう。——名生、とりあえず味わってごらん」

「……はーい」

やんわりと窘《たしな》められながら、名生はグラスに唇を添えた。寝かせた葡萄の香りとともに口中へと入ってくる、深紅のベルベットの舌触り。鼻腔の奥にその香りが届く頃には、もうワイン自体は消え去って、名生の舌の上に軽《かろ》やかな余韻だけが残る。

「何、……これ」

おいしい。すごく、すごくおいしい。

「こんなワイン、飲んだの初めて」

「悪くないだろう？」

「はい！　めちゃくちゃおいしいです」

「よかった。君と俺は味覚が合いそうだ」

紀藤は名生のグラスにもう一度ワインを注いで、同じように満たした自分のグラスを、首の高さの辺りまで掲げた。

「これが正しい乾杯だよ。さあ、君も」

「はいっ。――乾杯」

華奢《きゃしゃ》なグラスを触れ合わさない、瞳と瞳をそっと交わすだけの乾杯。

何でも目利きができる紀藤が教えてくれたワインは、するりと名生の舌に馴染《なじ》んで、あっという間にボトルの半分を空けてしまった。

「すぐ飲み終わっちゃいそうですね。ペース落とさなきゃ」

「心配はいらない。空にしても、明日酒屋で注文をすればいいし、別の銘柄をチョイスしてもいい。散歩をしながらマルシェをゆっくり見て回るのが、俺の休日の過ごし方なんだ」

「明日は俺も紀藤さんと一緒に散歩できますね。嬉しいなあ」

「俺もだ。君も少しはミラノで寂しがっていてくれたのかな?」

「そんなの、当たり前です。今日は紀藤さんに会えるのを、すごく楽しみにしてたんだから」

名生がパリに滞在するのは、今日を入れてたった三日だ。

名生と一緒に過ごすために、忙しい紀藤が捻出してくれた貴重な休日。ファッション界の重要人物として、来月パリ・コレを控えている彼は、明後日《あさって》にはもう仕事の予定が詰まっている。この短い休日が終わったら、名生はまた一人でミラノまでの旅をしなければならない。

(寂しいから、帰りは早く着く飛行機にしよう)

ＴＧＶのアルプスの山越えは楽しかったけれど——、と、パリへ自分を連れてきてくれた列車のことを思い出していると、名生はソファから飛び上がった。

「ああっ！」

隣で紀藤が、びくっ、と肩を跳ねさせる。

「どうした？　名生」

「お土産っ、渡すの忘れてたっ」

「お土産？」

「ちょっ、ちょっと待ってて、紀藤さん！」

名生はグラスをテーブルに置くと、急いで自分の荷物を置いた部屋へと駆け込んだ。キャリーバッグの一番上に入れておいた、リボンを巻いた紙袋を取り出す。

どうしてこんな大事なことを忘れていたんだろう。自分の間抜けさが嫌になってくる。

「紀藤さん、これ……っ」

名生はリビングへと戻って、はあはあ、と息を乱しながら、紀藤に紙袋を差し出した。

「受け取ってください。ここに来たらすぐに渡そうと思ってたのに、遅くなっちゃってごめんなさい」

「あ——ありがとう。お土産なんて、気を遣わせてしまったな」

「ううんっ。気に入ってもらえたら嬉しいです」

「君からのプレゼントを気に入らない訳がない。リボンを解《ほど》くだけでどきどきするよ」

紀藤の指が、少しだけ惑いながらグリーンのギンガムチェックのリボンに触れる。ＴＧＶで乗り合わせた老婦人が、パリに着く前に作ってくれたリボンだ。プレゼントにはこれがないとね、と、彼女は丸眼鏡の下の優しい瞳で笑っていた。

「これは、ボイル生地のシャツだね」

紙袋からシャツを取り出した紀藤は、目を瞠《みは》ってその生地を指で撫でた。

「はい。この間学校でシャツを作る実習があって。紀藤さんにスーツを誂《あつら》えてもらった時の、採寸のデータで仕立てました」

「何だか爽やかな匂いがする」

「あっ、胸のポケットにハーブのポプリが入ってます。ＴＧＶで知り合ったマダムが、手作りのそれを俺に分けてくれたんです。そっちのリボンも」

「旅の出会いに恵まれたんだな。――これからの季節にノーネクタイで着られる、ボタンダウンのシャツだ。君の腕前は健在なようだね」

「嬉しい。受け取ってくれてありがとうございます」

「俺の方こそ、こんなお土産をもらえるなんて思ってもみなかった。ありがとう、名生」

紀藤は早速シャツに袖を通して、デザインや仕立ての出来を確かめている。フィッティングをする機会はなかったけれど、サイズは彼にぴったりで、仕立て直しをする必要はなさそうだった。

（明日遊びに出掛ける時に、着て行ってほしいな）

自分の仕立てた服を着てもらうのが、テーラーの一番の喜びだ。でも、紀藤はすぐにシャツを脱いで、それをクローゼットのある部屋へと持って行ってしまった。

「紀藤さん——？」

「あのシャツはオフィスで着させてもらうよ」

「え……。オフィス、ですか？」

「ああ。外出着にするより、多分、その方が合う」

リビングに戻ってきた彼は、名生の期待と違うことを言った。明後日にはミラノに帰る名生は、紀藤のオフィスに立ち入ることはできない。

（俺が仕立てたシャツを着た紀藤さんと、デートできると思ったのに）

喜びが半分になったようで、つまらなくて、つい唇が尖《とが》りそうになる。勝手に期待して勝手に落ち込むなんて、子供みたいだ。こんなことでは、いつまで経っても大人になれない。

「名生」

紀藤はソファの背凭《せもた》れに両手をついて、後ろから名生の耳に唇を寄せた。彼の香水とワインが混ざった香りが、ふっと名生の意識を奪う。

「明後日の帰りの便のチケットは取っているのか？」

「あ、ううん、まだです。飛行機で帰ろうとは思ってます、けど」

「じゃあ俺の秘書に言って、午後にパリを発《た》つ便を手配させよう。午前中はオフィスに招待して、君に会議を見学してもらう」

「ええっ？　俺が、紀藤さんの会社の会議に？」

紀藤の急な提案に、名生は落ち込んでいたことも忘れて瞳を丸くした。彼はアパレル業界で世界的な知名度を持つ、ＫＣＧパリ本社のＣＥＯだ。そんな偉い人が出席する会議なんて、名生には想像もつかない。

「そう難しい議題ではないから、君にも楽しめると思う。来月オートクチュールのコレクションが開かれるのは知っているだろう？　それに関する各部門の連絡会議だ」

「で、でも、パリ・コレの会議は会社のトップシークレットじゃないんですか？　俺が見学する資格なんかないですよ。それに、スーツだって持って来てないし」

「資格？　そんなものいらない。もちろんスーツも。――たまには仕事をしている俺のことを、君に見てもらいたいだけだ。駄目か？」

「ううっ…」

真面目《まじめ》な顔をした紀藤が、じっと名生を見つめている。恋人に間近でこんな顔をされたら、名生には断る理由がない。

「そ、それなら、ジャケットだけ、明日買いに行かせてください。やっぱりパーカーとかじゃ、紀藤CEOに、失礼なので」

名生のキャリーバッグの中に、襟付きの上着は一枚も入っていなかった。いくら会議に飛び入り参加の部外者でも、マナーを知らない服装をして、CEOに恥をかかせる訳にはいかない。

「分かった。明日は二人でショッピングだ。君のジャケットを俺が見立ててあげよう」

ぎゅうっ、と紀藤が抱き締めてきて、名生の髪に頬を埋める。やけに上機嫌な彼は、もしかしたら、少し酔っているのかもしれない。

(なんだか、とんでもないことになってきた)

名生は紀藤の服の袖をそっと摑んで、彼には気づかれないように溜息《ためいき》をついた。オフィスで颯爽《さっそう》と仕事をする恋人を見られる、それはとても嬉しいけれど、緊張は隠せない。

落ち着かない名生の気持ちのように、ゆらゆらと揺れるキャンドルの火の向こう。夏至のパリの遅い夕暮れがやっと過ぎて、リビングの窓の外には夜空が広がっていた。

2

パリの休日、二日目。街中の渋滞を避けて、メトロ一号線のサン＝ポール駅で降り、晴天の陽射しを浴びながらリヴォリ通りを歩く。

イタリアや日本でもおなじみのファストファッションブランドや、フランスの庶民的なメーカーが店舗を出している通りだ。ショップバッグを抱えた若者や観光客がたくさんいて、とても活気がある。

「オペラ座方面へ乗り換えないなと思ったら、ギャラリー・ラファイエットには行かないのか？　あそこならKCGのブランドが入った紳士服館があるぞ」

「老舗《しにせ》のデパートでジャケットを買えるほど、お財布に余裕ありません」

「俺に一言『欲しい』と言ってくれれば、簡単に済む話だと思うんだが」

「駄目です。そういうのは」

「もしくは、『棚のここからここまで全部』とか。君の口からぜひ聞きたいな」

「もう…っ、紀藤さんっ」

駅を降りた瞬間から、紀藤は名生に服をプレゼントしようとして、やっきになっている。

昨夜随分機嫌がいいと思ったら、彼はこんなことを企《たくら》んでいたのだ。

「ジャケットは自分で買うって言ってるでしょう」

「どうしてそんなに頑《かたく》ななんだ。俺の誠意を受け取ってくれないのか」

「むやみに人に高価なものをもらっちゃいけないって、じいちゃんから厳しく躾《しつ》けられたんです」

「君のお祖父様の教育方針は素晴らしいが、無欲な恋人を持つ身としては、かわいいおねだりをされたいんだよ」

甘い言葉を囁きながら、ちっとも引いてくれない紀藤に、名生は頬を膨らませた。

年齢、立場、経済力、元々何から何まで違う二人だ。紀藤とはちょっとやそっとでは埋まらない差があるとしても、対等な恋人でいたい意地はやっぱり通したい。

「おねだりなんかしませんからね――」

ぷいっ、と顔を背けて歩く名生を、紀藤が苦笑しながら追い駆けてくる。長い足に簡単に追いつかれ、ごめん、と謙虚に謝られると、意固地《いこじ》になっている自分の方が悪いような気がしてきた。

「……服はねだったりしないけど、他のものなら、欲しいものがあります」

「ん？　ついに譲歩をしたな？　何でも言ってごらん」

「え、えっと……」

そんなに期待を込めたきらきらした瞳で見つめられると困る。名生が欲しいものは、いつだってささやかな、身の丈に合ったものだからだ。

「昨日紀藤さんが飲ませてくれたワイン、ミラノに持って帰りたいな、って」

「よっぽど気に入ってくれたんだな。嬉しいよ」

「それから、朝食でクロワッサンに塗って食べたハチミツ。あれも好きです」

「ああ、レモンピールの入ったあれか。どちらも近所のマルシェで手に入るよ。——ワインとハチミツがいいなんて、本当に欲のない。コンテナを満杯にして君の下宿へ送りつけよう」

「ええっ？」

冗談を言って名生を驚かせてから、紀藤はやっとプレゼント攻撃を諦《あきら》めてくれた。

通り沿いをウィンドウショッピングをしながら歩いて、バーゲン中の店に入ってみる。名生は日本人の平均体型より小さいせいで、フランス人サイズのジャケットはどうしても袖が長くなる。でも、袖丈くらい自分で簡単に直せるから問題ない。

「無難なネイビーか黒にしようっと」

「ほう。ＫＣＧパリ本社の最深部の会議を見学するのに、無難な服だって？　随分保守的な選択をするんだな」

「怖いから最深部とか言わないでください」

名生は洒落たディスプレイをされたジャケットのラックから、オフィスで着ても問題のなさそうなものを探した。これから夏になって暑くなるから、ミラノに戻っても着回しができるように、裏地のないタイプを選んでみる。

「どうですか？　紀藤さん、これ」

「ん…。悪くはないが、シルエットがノーブル過ぎるし、少し肩回りが大きいな。ワンサイズ下のものを――ああ、あった」

紀藤はラックからもう一着ジャケットを取り出して、名生にそれを試着させた。

名生が選んだジャケットは黒のかっちりとしたデザインで、紀藤が選んだのは麻素材のソフトなタイプ。それに加えて、彼は濃いロイヤルブルーのジレを名生に勧めた。

「このくらいの遊び心はあっていいだろう」

ロイヤルブルーの品のいい色合いが、生成りのジャケットにとてもよく映える。店の姿見の中の自分に、名生は納得した。

（やっぱり、紀藤ＣＥＯはセンスいいや）

試着したジャケットとジレを脱いで、急いで店員のいるレジに持って行く。財布を出す暇を与えられなかった紀藤は、とても物足りなそうな顔をしていた。

「ありがとうございました、紀藤さん。いいの見立ててもらっちゃった」

「いいや、このくらい礼には及ばないよ」

名生がショップバッグを得意げに掲げて見せると、紀藤は頷いてから、それを、すい、と取り上げた。荷物を持ってくれる紳士な彼に、素直に甘えて店を出る。

「ああ、よかった。これで明日の会議を見学できます」

「惜しいことをした。服を誂える時間があれば、俺がこっちで懇意にしているテーラーを紹介できるんだが」

「時間があったら俺が自分で仕立てますよ」

「はは、そうだな。失礼」

「でも、紀藤さんの知り合いのテーラーだったら、きっとすごく腕のいい人ですよね。話とか聞けたら、勉強になると思うのに。残念だな」

ミラノの学校でも技術の優れた同級生たちがいて、名生は彼らと競うようにしながら腕を磨いている。目標にしている祖父の腕前に近づくにはまだまだだ。

「君がゆっくりできる時に紹介するよ。名生、このままマレ地区へ足を運んでみないか？おもしろいショップがたくさんあるぞ」

「はい。行きたいです」

リヴォリ通りから延びる路地を歩いていくと、人気エリアの喧騒《けんそう》が二人を包み込む。

現代的なカフェや個性豊かな雑貨屋と、十八世紀以前に建てられた貴族の館《やかた》が絶妙に混じり合った、マレ地区の景観。散歩をするには最適な小さなガラス屋根のアーケード街、パッサージュをひやかしていると、紀藤が一軒の小店で足を止めた。

「ボウルの専門店だ」

「ボウル？　あっ、カフェオレを飲むやつ」

「ああ。ずっと愛用していたものを、不注意でこの間割ってしまったんだよ。ここで買って帰ろう」

その店の軒先には、色やデザインが様々なカフェオレボウルが、たくさんバスケットに入れられていた。カフェオレはフランスの朝食には欠かせない飲み物だから、パリで長く暮らしている紀藤にも馴染み深いらしい。

「これかわいいなあ――」

名生は動物がディフォルメされたシリーズの中の、象の耳が持ち手になっているボウルを両手に取った。お茶碗よりも大きなサイズで、ころんとしていて、何だか和む。

「どれ？」

「ほら。象さんの耳がついてるから、きっと淹《い》れたてのカフェオレでも熱くないですよ」

「……名生は脱力系の食器が好きなんだな。じゃあ俺は、このコアラの耳のついたボウルにしようか」

「紀藤さんがコアラ？　どっちかって言うと、こっちのライオンだと思うな」

名生はひまわりのような鬣《たてがみ》のライオンのボウルを取って、象と並べてみた。肉食動物と草食動物。相性が悪そうなのに、丸いボウルだととても仲良しに見える。

「君のセンスの方が正解だな。二つとも買って行こう」

「え？」

「象は君専用のボウルだ。明日の朝食はこれを使うといい」

「は——はいっ」

紀藤は二つのボウルを持って、会計をしに店の奥へと入っていった。

お揃《そろ》いの食器を使うなんて、恋人っぽくて、照れくさくて、胸の奥がふわふわする。

(でも、明日の朝に一回使ったら、当分お揃いできないなあ)

象のボウルだけミラノに持って帰ったら、ライオンが寂しがるかもしれない。むむ、と名生が考え込んでいると、紀藤が戻ってきた。

「お待たせ。どうした、難しい顔をして」

「あ…、象さんをミラノへ持って帰ってもいいか、考えてたんです」

「ライオンと引き離すのはかわいそうじゃないか？」

「はい。俺も同じことを思ってて——」

「キッチンの食器棚のスペースを空けるから、君の象も一緒に置いておこう」

「いいんですか？　じゃあ、お願いします」

紀藤の家に、自分のものを残しておくのは、とても不思議な感じがした。分身が彼のそばにいるような、二人が離れていても、繋がっている感じ。象もライオンもこれで寂しくない。

パッサージュをはしごをして歩いて、マレ地区のシンボルであるヴォージュ広場まで足を延ばす。正方形の回廊に沿ってギャラリーが開かれていて、それを眺めているだけでも楽しい。同じ建物の中にあるカフェで軽くランチを摂った後、サン＝ポール駅まで戻り、二人はメトロに乗った。

地下を走るその電車は、紀藤の家のある十六区の方角へと延びている。途中で路線を乗り換えてから、ラ・ミュエット駅で降りて、紀藤がよく利用しているというマルシェへと向かった。

「君が好きだと言ったレモンピールのハチミツの店はここだよ。他に気になるものがあったら、試食をさせてもらうといい。――こんにちは、シャルロット」

「あら、ごきげんよう、タカヒロ。今日はかわいい人を連れているわね」

「こんにちは」

「いらっしゃい。うちの一番人気のティユールのハチミツよ。味見してみて」

エプロンに三角巾をしたマダムが、かりかりに焼いたバゲットで瓶から菩提樹《ぼだいじゅ》のハチミツを掬《すく》ってくれる。名生はそれを一口食べて、オーガニックの優しい甘さに顔を綻《ほころ》ばせた。

「おいしいです。紀藤さん、俺これも好き」

「ティユールは紅茶に入れても合うんだよ。シャルロット、これとシトロンを二瓶ずつもらえるかな」

「いつもありがとう、タカヒロ。百花蜜を一瓶おまけしておくわね。二人で楽しんで」

「ありがとう。悪いね」

「あ、そうだわ。この時間ならマルセルの店のタルトレットが、ちょうど焼きたてよ」

「いい情報をもらった。早速行ってみるよ」

ハチミツ屋のマダムと別れて、フランス語で『マルセルのかまど』という看板を出している小さなパティスリーに立ち寄る。店の周辺に甘い焼き菓子の匂いが漂っていて、名生の敏感な鼻がひくひく反応した。

「名生、洋梨とアプリコットならどちらを食べたい？」

「どっちも！」

「明瞭《めいりょう》ないい返事だ」

湯気が出ているタルトレットを買ってもらって、焼きたてを頬張《ほおば》りたい衝動を何とか抑える。マルシェの三軒目は、昨夜飲んだワインを売っている酒屋を目指した。

「やあ、タカヒロ。いらっしゃい」

恰幅《かっぷく》のいい店長と思《おぼ》しき人が、紀藤を見つけた途端、人懐っこい顔で微笑んだ。

「この間注文した『シャトー・ラ・リュヌ』は、まだ残っている？」

「お前さんがそう言うと思って、ちゃあんと多めに確保しておいたよ。アパルトマンに配達しようか」

「ああ、そうしてもらえると助かるな」

「毎度どうも、ご贔屓《ひいき》に。ところでそっちの子は、タカヒロの弟かい？」

名生の方へと、店長が何気なく視線を寄越した。紀藤よりもうんと背が小さくて、歳も離れているから、弟に見られても仕方ない。

（弟じゃないもん……。でも、紀藤さんと恋人どうしには見えないよな）

恋人に見えてもそれはそれで問題があるし、と、名生は心の中で呟いた。弟扱いされることを半分諦めていると、紀藤がそっと名生の肩を抱き寄せて、店長にウィンクする。

「この人は俺の大切な人だよ。——それじゃ、ワインの配達をよろしく」

紀藤は笑顔で店長をけむに巻いてから、入り組んだマルシェの奥へと歩き出した。

大切な人。紀藤らしい、大人でスマートな表現だ。咄嗟《とっさ》にそんな言い方ができるなんて、名生にはとても真似《まね》できない。弟と呼ばれて傷ついていた胸の奥が、ちりっと痛み出す。

「タカヒロ。今日はいいオレンジが入荷してるよ。寄ってお行き」

「夕飯にジビエ料理はどうだい？　隣のぼうやの分はおまけしとくよ」

マルシェで働く人々は、紀藤と親しくしている人がたくさんいるらしく、名生にも気さくに話しかけてくる。夕食の食材を買って回る間に、名生の胸の痛みはいつの間にか消えて、おまけでもらった野菜やフルーツで二人の両手はいっぱいになった。

通りに出てから、駅の近くのタクシー乗り場で車を拾う。ワンメーターの距離の紀藤のアパルトマンに、二人が大荷物を抱えて帰ってきたのは、三時のティータイムにさしかかった頃だった。

「……はあ…っ、重かった——」

「ちょっと買い物をし過ぎたな。冷蔵庫に全部入るか心配だ」

「でも半分はもらいものですよ？　パリのマルシェって気前がいいなあ」

「それは——君がいたからだよ。君がかわいいから、みんなサービスをしたくなるんだ」

「えっ…」

ほわっ、とのぼせた名生をからかいながら、紀藤はキッチンの冷蔵庫を開けた。野菜室も冷蔵室も、マルシェで買ったものであっという間にいっぱいになっていく。

「タルトレットを買ったし、お茶でも淹れようか」

「あっ、はい。俺がやります。今日買ってもらったボウルで、カフェオレを作ってもいいですか？」

「ボウルは朝食の時に使うものだよ」

「フランスの人の習慣はそうですけど……紀藤さんと一緒にいる間に、あのボウルをなるべくたくさん、使いたいから」

「名生——」

せっかくお揃いのボウルなのに、明日の朝食まで待っていられない。名生は荷物の中からボウルを探して、ぐるぐる巻きになっている梱包材を外した。

「やっぱりこれにしてよかった。かわいいですよね」

キッチンの調理台に並べた、淡いグレーの象と、明るいイエローのライオン。名生は早くその二つを使いたくて、水洗いをしようと、シンクの蛇口に右手を伸ばした。

「名生、服が濡れるよ。俺のエプロンを貸そう」

壁にフックでかけていたエプロンを、紀藤は背中側から名生にあてがって、腰でリボンを結んだ。でも、ボウルを洗い終わっても、彼は名生のそばを離れようとしなかった。

「紀藤さん……？」

不思議に思って顔を後ろに向けると、思った以上に近いところにあった紀藤の瞳と、視線がぶつかる。吸い込まれそうなほど綺麗な漆黒の瞳が、名生の左胸を揺さぶった。

「名生」

「は、はい」

どきどき。紀藤がやけにかしこまった顔をして、名生を見つめている。彼は濡れたままの名生の手を握って、エプロンごと抱き締めてきた。

「――ここへ、引っ越してこないか」

どくんっ。心臓が壊れそうな音がする。そのせいで紀藤の言葉がよく聞き取れない。

「紀藤さん、今何て……？」

「君をミラノへ帰したくなくなった」

「……えっ……」

「パリに引っ越して、俺と一緒にここで暮らそう」

驚きで半開きになった名生の唇を、奪うようなキスが霞《かす》めていく。ぎゅ、と握り締めた手を、紀藤の爪が甘く引っ掻いた。

「どうしようもないくらい、愛しているんだ。君を」

「紀藤さん――」

「君と毎日このボウルで、カフェオレを飲みたい。こうしてキッチンに二人で立って、料理を作って、一緒に食べよう」

「いっしょ、に」

「満腹になったらシャワーを浴びて、同じベッドで毎晩眠る。寝坊した君を起こすのは俺の役目だ。毎朝、君のスタイリストをするよ」

「本当に……？　本当に？　紀藤さん」

ああ、と頷く紀藤を、名生は胸をいっぱいにしながら見つめ返した。

この家で紀藤と一緒に暮らせたら、どんなに幸せだろう。幸せ過ぎて、満ち足り過ぎて、どうにかなってしまうかもしれない。

（俺も、紀藤さんとずっと一緒にいられたらいいって、思ってた）

遠いミラノで、眠る前にベッドの中で紀藤を想うのは、寂しかった。電話をかけることさえ我慢するのがつらかった。毎日、毎朝、毎晩、紀藤のそばにいられたら、もう寂しくもつらくもない。

「少し調べてみたら、君がミラノで通っている学校は、パリに姉妹校があるようだ。途中で編入するのは、君ならきっと問題ない」

「学校のことまで、調べてくれたんですか」

「ああ。君がパリへくることに、何の心配もいらないことを確認しておきたかったんだ」

「……ありがとう。紀藤さん」

「名生、ずっと俺のそばにいてほしい。君を誰よりも大切にする」

誓うよ、と耳元で囁く声が、名生の胸の奥にまで響いてくる。

紀藤に愛され、彼と一緒に暮らす。きっとこれ以上に幸せなことなんかない。

「君の返事を聞かせてくれ」

「あ……あの」

「即答の『Oui』しか聞き入れる気はないが」

「……んっ…」

タルトレットよりも甘い、恋人のキスの味。紀藤は名生の唇を塞いで、いとおしくてたまらない、と言いたげに吸い上げる。

（何で——俺）

そっと口中へと潜り込んできた彼の舌先が、名生の返事を探して震えていた。紀藤が求めるままに、フランスの言葉で『はい』と言えばいい。自分の心のままに答えればいい。

(どうして……っ?)

名生は、『Oui』も『Non』も言えなかった。返事をしたいのに、言葉が何も出てこない。

「名生?」

紀藤が不審そうにキスを解いていく。正体不明の何かが、名生の胸の奥のそのまた奥で閊《つか》えていた。恋人の想いに簡単に答えてはいけない、と、何かが名生にブレーキをかけている。

「すまない。戸惑わせてしまったか」

澄んでいた紀藤の瞳に、だんだんと悲しい色が広がっていくのが、切なくてたまらなかった。声を出そうとすればするほど、名生の喉はひりついて、呼吸さえ難しくなる。心の中のブレーキはますます強くなって、名生は俯いて体を小さくすることしかできなかった。

「君の返事は急がない。ゆっくり考えてくれてかまわないから」

言葉を忘れてしまった名生の唇に、紀藤はもう一度自分の唇を寄せてくる。

「俺の気持ちは変わらないよ。いつまでも、名生のことを待っている」

さっきよりもずっと優しく、ずっと柔らかなキス。紀藤を悲しませたのに、キスをしても許されるんだろうか。名生は惑ったまま、それでもキスを拒むことはできなくて、紀藤の手を握り締める力を強くした。

3

「――速水《はやみ》さん。緊張をしてらっしゃいますね」

「そ、そんなこと、ないです」

KCGパリ本社、セントラルビル二十二階、セキュリティの敷かれたミーティング室の隣の控え室で、名生は表情を硬くしていた。

昨日買ったばかりのジャケットとジレの下は、緊張の汗でびっしょりだ。額《ひたい》や頬にも浮かんでいるその汗を見て、紀藤の秘書の夏目《なつめ》が心配している。

「そうかしこまった会議ではありませんから、リラックスなさってください」

「は、はいっ。あの、どんな人たちが会議に参加するんですか?」

「パリ・コレ専任の広報とマーケティング部、そして営業部の上級幹部たちです」

「上級幹部、ですか。すごく有能な人たちですよね」

「ええ、精鋭チームですよ。あ、速水さん。手配を承っていたミラノ行きの航空券ですが、紀藤の手元にございますので、後ほどお受け取りください」

「あ…、すみません。ありがとうございました」

帰りの便を予約してくれた夏目に、名生はお礼を言った。彼は常に紀藤につき従っていて、名生が祖父の看護で東京にいた時も、とてもお世話になった。

「よろしければ紅茶をどうぞ。会議のメンバーが揃い次第、隣のミーティング室へお呼びいたしますね」

「はい……」

名生に紅茶とおしぼりを勧めてから、彼は控え室を出て行った。

（喉はからからだけど、緊張してなんにも飲めないよ）

ＫＣＧのパリ本社は、名生が思っていた以上に格式の高い会社だった。東京の総本社にも足を運んだことがあるけれど、あそこがファッションビジネスの頂点にある場所だとしたら、このパリ本社は、ファッションそのものの頂点だ。

紀藤がパリで手掛けているブランドは、十や二十では終わらない。高級注文服のオートクチュールと既製服のプレタポルテを合わせると、パリ・コレに出展されているものの三割が、紀藤の出資を受けた傘下ブランドということになるらしい。

（紀藤さんは、俺の想像より遥かに偉い、すごいＣＥＯだった）

このセントラルビルのホワイエには、彼の功績を讃《たた》えるギャラリーが常設されていて、名生はさっき、夏目に案内されてそこを見てきた。紀藤が今のファッション界にどれほど強い影響力を持っているか、夏目の説明を聞いている間、圧倒されてばかりだった。

二時間ほど前、名生と一緒にアパルトマンを出た紀藤は、今はオフィスで商談をしている。

名生は昨日からずっと、彼にぎこちない態度を取っていて、朝食の時も彼の顔をまともに見ることができなかった。

紀藤と気まずくなってしまったのは、全部名生のせいだ。彼がせっかく、パリで一緒に暮らそうと言ってくれたのに。結局返事ができずに、眠れない一晩を過ごした名生を、彼は怒らないでベッドの中で抱き締めていてくれた。

(紀藤さんは、優しい。俺は子供だから、いつもあの人の優しさに甘えてしまう)

紀藤のような大人になれない自分が悔しい。彼と二人きりの休日を終えて、ミラノへ帰る日に、こんなもどかしい気持ちで過ごすことになるなんて。

(このままじゃいけない。俺だって、早く大人にならなくちゃいけないのに)

どうしたら紀藤のような人になれるんだろう。一晩中考えても分からない。

このパリ本社へ出社した途端、紀藤は優しい恋人の顔から、威厳に溢《あふ》れたCEOの顔になった。名生をゲストとして正式に扱って、彼のオフィスにも招待してくれた。重厚の一言で表されるその部屋を、名生は以前ハリウッド映画で見た、大統領執務室のようだと思った。

(たくさんの部下と、たくさんのブランドと、その世界中のファンを持つ紀藤さん――。俺が好きになったのは、そういう人なんだ)

は、と息を吐き出して、名生は冷え切った手でジャケットの胸元を握り締めた。昨日、パリの街を一緒に買い物をして歩いた紀藤と、ファッション界の頂点にいる紀藤が、名生の中でうまく繋がらない。

「……紀藤さんが出る会議なんて、やっぱり断った方がよかった」

軽々しくここへ来てしまったことを、名生は後悔した。紅茶を一口も飲めずに過ごす間に、控え室の外の廊下が賑やかになって、ドアをノックする音が聞こえた。

「失礼いたします。速水さん、どうぞこちらへ。ご案内いたします」

「は、はい」

名生は重たい腰を上げて、緊張したまま隣のミーティング室へと入っていった。

オーバル形の大きなテーブルに、ずらりと並ぶKCGパリの上級幹部たち。一大ビジネス街ラ・デファンス地区を一望する窓を背中にした席に、白の爽やかなジャケットを着た紀藤が座っている。

（紀藤さん）

ちら、と視線を寄越してきた彼に、名生はいたたまれない気持ちで目礼をした。夏目に案内された別席には、十人ほどの若い社員たちがいて、部外者の名生のことを警戒するような目で見ている。

「みんな揃ったか。では、『semaine de la mode à Paris《パリ・コレ》』専任チームの定例会を始めよう」

「――待ってくれ、タカヒロ。この部屋に子供が紛れ込んでいるようだが？」

「かわいい子ね、モデルの卵かしら。紹介していただきたいわ」

くすくす、という笑い声とともに、幹部たちの視線が名生に集まってくる。見た目が幼い名生は、フランス人からすれば、大人の集団に放り込まれた小学生のようなものだ。名生は、かっと頬が熱くなっていくのを止められなかった。

「彼は今年の三月、東京総本社と業務提携を結んだ、『テーラー・ハヤミ』の関係者だ。彼とKCGとの今後のことを考えて、私の判断で今日の会議に招待した。速水くん、簡単でかまわないから、挨拶を」

紀藤に名字で呼ばれ、突然挨拶を求められて、名生は面食らった。頬の赤味が取れないまま、気をつけの姿勢で慣れないフランス語の自己紹介をする。

「は、初めまして。速水名生といいます。本日は紀藤ＣＥＯのご厚意でお招きいただきました。よろしくお願いいたします」

「ナオ、あなたは学生？」

「はいっ。ミラノのルチアーノ服飾学院で紳士服の仕立てを学んでいます」

「ルチアーノか。あそこの出身者はパリ本社にいたっけ？」

「工房のアルバイトを希望なら、窓口は隣のビルの一階だ。君はまだ、この会議に顔を出すのは早いんじゃないのかな」

くすくす、笑い声が大きくなる。優雅なフランス語を話していても、言葉の意味は辛辣《しんらつ》そうだ。ヒアリングがあまり得意でなくてよかったと、名生は思った。

（やっぱり、俺がここにいるのは場違いだよ、紀藤さん）

名生は涙目になりそうなのをこらえて、一人で心細く椅子《いす》に座った。すると、紀藤が幹部たちを見渡して、低い声で言った。

「『テーラー・ハヤミ』は日本のテーラー界の第一人者が営む老舗だ。その後継者の彼を侮《あなど》ると、君たちは痛い目を見るぞ」

その途端、ぴりっ、と部屋の中の空気が張り詰めるのが分かる。名生にはその空気が重たくて、膝の上に視線を落とした。

「それでは各部署の進捗《しんちょく》状況を聞こう。広報統括のセバスチャン、君からどうぞ」

会議が始まってからも、名生は俯いたまま、顔を上げることができなかった。

紀藤に指名されて、ホワイトボードやモニターを使ってよどみなくプレゼンをする発表者たち。ファーストネームで呼び合う声と、難しいビジネス用語が、名生の耳から耳へと抜けていく。

（……何で俺、こんなところにいるんだろう。何やってんだろう）

ここは名生がいるべき場所じゃない。いても何もすることがない。その証拠に、会議は名生を無視するようにして進行している。同じ部屋の中にいても、紀藤のいるテーブルと名生のいる別席は、こんなにも遠い。

そっと近くの席を見てみると、若い社員たちが、会議の様子を熱心にメモに取っていた。

している。

紀藤や他の幹部たちの話を、一言も聞き漏《も》らさないというように、みんなとても真剣な顔をしている。

（この人たちとも、俺は違う）

若い社員の誰もが、紀藤が言葉を発するたび、瞳を輝かせて頷きを返した。憧れや尊敬を込めた彼らの眼差しが、名生から紀藤をさらに遠ざけていく。

（……分かってたはずなのに。こんなに大きな会社のＣＥＯの紀藤さんと、テーラー見習いの俺は、吊り合わないって）

もっと自分に自信があったら、紀藤と立場や地位がどんなに違っていても、こんな風に迷ったりしなかった。

昨日、紀藤に一緒に暮らそうと言われて返事ができなかったのは、名生にそれを受け止めるだけの自信がなかったからだ。まだ何者にもなっていない、テーラー見習いでしかない名生は、立派な紀藤にふさわしくない。

（紀藤さんのこと、大好きなのに。こんな気持ち、嫌だよ。紀藤さん。嫌だ）

恋人に抱いてしまった劣等感を、いったいどうすればいい。自分で自分にブレーキをかけて、紀藤のもとへと飛び込んでいけない。彼が遠くて、ほんの数メートルしかないはずのミーティング室の距離を、飛び越えられない。

「っ…」

ひどく息が苦しくなって、名生はノーネクタイのシャツの第一ボタンを外した。窓から陽射しが入るせいだろうか、暑くて汗がひかない。

「我々の報告は以上です。タカヒロ、あなたのご意見を」

「進捗状況に問題はないようだ。このままプロジェクトを進めてくれてかまわない。懸念は一点、ジェラルド社とのスポンサー権益の配分なんだが――」

ふ、と名生が顔を上げると、幹部たちの向こうで、紀藤もシャツのボタンを開けていた。彼は白いジャケットを脱いで、ファイルを片手に立ち上がる。

(あ……っ)

名生は呼吸を忘れて、大きく瞳を見開いた。

ホワイトボードへ向かっていく、紀藤の逞しい背中。名生が焦がれてやまない背中を、サックスブルーのシャツが包み込んでいる。

(俺が仕立てたシャツ)

ミラノからのお土産に渡したそれを、紀藤はとても喜んでくれた。オフィスで着ると言って、今朝、彼が大事そうにクローゼットから出しているところを見た。

右手を挙げて、コツコツ、とノックのようにボードを叩く紀藤の仕草。小脇にファイルを挟んだ彼の左手は、さりげなくスラックスのポケットに入れられている。

紀藤がどんな風に動いても、どんなポーズを取っても、サックスブルーのシャツは彼に柔らかく寄り添っていた。彼の着心地がいいように、心を込めて名生はあのシャツを仕立てたのだ。厳しい実習の先生が初めて特A評価をつけてくれて、丁寧に服を作るテーラーの基本に返ることができた。

(――あれが俺の目指している仕事なんだ。あのシャツは他の誰でもない、俺が仕立てた。世界で一枚の、紀藤さんのためだけのシャツだ)

たとえ今、会議をしている最中の上級幹部たちでも、あのたった一枚のシャツを仕立てることはできない。

劣等感なんか、紀藤を好きでいることに何の必要があるだろう。名生は名生だ。紀藤を大切に思う気持ちだけで、自然に彼のそばに寄り添っていられる。彼の雄々《おお》しい背中を包む、あのシャツのように。

(そうだ。俺は何を迷ってたんだ)

自分で仕立てたシャツに、大事なことを気づかされるなんて思わなかった。紀藤の左腕にある、刺繍糸で縫い込んだ彼のネーム。名生の瞳には、小さなそれが、とても誇らしく見えた。

CEOの顔をした紀藤に、あのシャツを着てもらえてよかった。次はもっと、もっといいシャツを仕立てる。スーツも。ジャケットも。スラックスも。

(もう俺の服しか着たくないって、紀藤さんに言ってもらえるくらいの、超一流のテーラー

になる）

　そのためには、子供の頃から憧れていた祖父の腕前を超えなくてはいけない。紀藤の隣に、テーラーとして立っていられるにはどうすればいいか、今の自分にできるせいいっぱいの目標を考えた。

　名生がつけていた腕時計の針が、知らないうちにどんどん進んでいく。あんまり夢中で考え込んでいたから、幹部たちが席を立つ音が聞こえるまで、名生は会議が終わったことに気づけなかった。

「紀藤ＣＥＯ……っ」

　ミーティング室を出て行く人の流れに逆らって、まだ自分の席にいた紀藤のもとへと駆け寄る。報告書の整理をしていた彼は、名生に気づくと、椅子の座面を回転させて振り向いた。

「名生。お疲れさま」

「お疲れさまでしたっ」

　長い会議が終わって、やっと紀藤と二人で話せる。嬉しくなって名生が微笑むと、紀藤はとてもほっとした顔をした。

「君がへこんでいなくてよかった。部下が失礼なことを言ってすまなかったな」

「ううん。思い切りアウェーだったけど、俺は平気です。紀藤さんが、これを着ていてくれたから」

ミーティング室に誰もいなくなるまで待って、紀藤のシャツの袖に触れる。指先でネームの刺繍をなぞって、名生は彼の顔を覗き込んだ。

「着心地はどうですか？」

「ああ、とてもいいよ。毎日でも着たいくらいだ」

「よかったあ」

くしゃくしゃ、と大きな手で髪を撫でられて、照れくさくてたまらない。

「今度、色違いの替えのシャツも仕立てますね。ミラノから送ります」

「ミラノから？」

「はい」

紀藤の手が、髪を撫でるのをやめて、名生の頬へと下りてくる。恋人のその温もりは、シャツを仕立てた一番のご褒美だ。でも、当分それをお預けすることを、名生は自分で決めた。

「紀藤さん、――俺、学校を卒業するまで、向こうで暮らします」

「え……っ…」

がたり、と椅子の脚を鳴らせて紀藤が立ち上がる。彼の大きく瞬きをした瞳を、じっと見つめ返して、名生はひといきに言った。

「昨日の、返事です。紀藤さんと本当は一緒に暮らしたいけど、今は、一人でがんばりたいんです。俺も紀藤さんみたいな、立派な人になりたいから、だから、ごめんなさい……っ！」

「名生――」

「俺、もっと自分に自信をつけなきゃ、紀藤さんといつまで経っても吊り合わない。学校の先生たち全員から特A評価をもらって、首席で卒業する目標を立てました。絶対にやり遂げますから、俺のこと、もう少し待っててください！」

がばっ、と勢いよく頭を下げて、名生は目を瞑《つぶ》った。考えに考えて出した自分の返事は、きっと紀藤をがっかりさせてしまう。

自惚《うぬぼ》れ半分に、叱《しか》られることを覚悟していると、名生の頭上から小さな笑い声がした。

「……はは。何だかふられた気分だな」

「それは違いますっ。紀藤さん」

「分かっているよ。それくらい、俺は寂しいという意味だ」

部屋の天井を仰いだ紀藤が、深い溜息を吐き出している。

「――まいったな。俺はどうやら、作戦を間違ったらしい」

「作戦？」

きょとん、と名生が小首を傾げると、紀藤は頭の後ろを掻きながら、微笑と苦笑が混じった複雑な顔をした。

「仕事中の俺の姿を見せて、君に格好をつけるつもりだったのに。逆に君のプライドを刺激してしまった。俺の恋人は、とても向上心の強い人だ。甘やかせて大切にするだけでは、きっと君の方から俺に見切りをつけるだろう」

紀藤の言うことは、名生には少し難しかった。彼のことを見限ったりなんかしない。子供の頃から大好きだった背中を追い駆けて、追い付こうとがんばるだけで、名生にはせいいっぱいだから。

「首席で卒業とは、随分高い目標を立てたな」

「それくらいじゃないと、自信にならないって思ったんです。だって俺の恋人は、『紀藤CEO』なんだから」

「君の前では、ただ恋をしているだけの男だよ。——分かった。君が目標を叶えるまで待つ。ちゃんと我慢できるか自信がないから、名生に会いたくなったら、俺がミラノへ飛べばいい。その時は、君の部屋に置いておくボウルを二つ、新しく買おう」

「はい。今度は俺が、ミラノの街を案内しますね」

「ああ、楽しみだ。君へのお土産は何がいいか、今から考えておく」

そう言うと、紀藤は椅子の背凭れにかけていたジャケットを取って、胸のポケットから航空券を取り出した。

「名生。君に帰りのチケットを渡すつもりだったんだが、気が変わった」

「え?」

「やっぱり俺は、君をこのままミラノに帰したくない」

航空券をポケットに戻して、紀藤は名生の手を取った。手と手を繋いだまま、彼は会議室のドアの方へと歩いていく。

「おいで。エントランスに車をつけてある」

「あ、あのっ、紀藤さん？」

「ＣＥＯの本日の業務は終わりだ。ランチをしてから家に帰ろう」

「紀藤さん――」

「君に夢中な、恋人の我《わ》が儘《まま》を聞いてくれないか。明日の早朝の便を取り直したから、もう一日、俺と一緒にパリで過ごそう」

いたずらっぽく片目を瞑った紀藤に、名生は笑顔で頷いた。

彼が我が儘なら、名生も我が儘だ。本当はいつまでも紀藤と一緒にいたい。心からそう思った。

◇

夏至を過ぎたばかりのパリの夜は、まだ明るい。時間を惑わせる陽の光がアパルトマンの窓から射し込み、室内を柔らかく照らしている。

閑静な十六区の街並みの上に、青い空の広がる今が、夕刻だとはとても信じられない。ランチを摂ってこのアパルトマンに帰った後、紀藤と二人で寝室に閉じこもってから、もう何時間も過ぎていた。求め合って汗をかいた体を、シャワーで清めることさえしていない。ほんのわずかな時間も離れたくないと、何度唇を交わしても、名生は名残《なごり》惜しいキスを止めることができなかった。

「……ん……っ、ん」

「名生」

「ふ、う……、紀藤さん、くすぐったい」

紀藤の唇が、名生の唇を甘噛みしている。キスを止められないのは彼も同じで、抱き締めるだけで終わった昨日の夜の分も寄越せという風に、飽きることなく名生に触れていた。

「本当なら今頃、君はミラノに戻っているはずだったのに。今日の便をキャンセルして正解だった。こんなに自分が堪《こら》え性《しょう》のない、寂しがり屋だとは思わなかったよ」

触れ合わせたままそう告げる唇から、何も隠せない紀藤の裸の気持ちが伝わってくる。名生よりもずっと立派で、大人だと思っていた人の本音は、真正直でとてもかわいらしかった。

「よかった」

「うん？」

「紀藤さんも俺と同じなんだって、分かったから。——俺だけ子供みたいで、ずっと紀藤さんと吊り合わないって思ってた」

ちゅ、とキスを返した名生を、紀藤の両腕が強く抱き締める。真っ白なリネンの寝具が、二人の形に波打った。

「何を言うんだ、俺は君のことになると、どうしようもない駄々っ子になるのに」

「駄々っ子——？」

「そうだよ。俺の我が儘を聞いてくれて感謝している。明日の朝までの短い時間でも、君を独り占めしていられて嬉しい。君は俺よりもずっと大人な、優しい恋人だ」

褒め言葉なのか、睦言《むつごと》なのか分からない。抱き締められたまま紀藤に耳元で囁かれて、名生は顔を真っ赤にした。

「……優しいのは紀藤さんの方だもん……」

彼がその気になれば、今日のうちに名生のミラノの下宿を引き払って、パリの学校に編入させるくらいのことは、簡単にできるだろう。自分の地位と力を使わずに、紀藤は名生の思いを尊重してくれた。パリで待っていると約束してくれた紀藤を、名生は憧れを込めた眼差しで見上げた。

「俺、いつか紀藤さんみたいな男になりたい。大好き」

「名生。あまり俺を有頂天にさせないでくれ」

照れたように顔をくしゃりとさせて、紀藤が唇を重ねてくる。きりがないキスを奪いながら、彼の温かな指先が、いとおしくてたまらないように名生の髪を撫でた。

幼い頃の名生の瞳に焼きついた、広くて大きな背中の持ち主。大切な、大切な、紀藤のその背中を両手で包んで、名生はパリの休日の最後に、もう一度恋をした。

二人きりの部屋に射し込む明かりが、少しずつ西へ傾いていく。パリから遠くミラノへと続く空を、名生が飛行機で飛び立っていったのは、翌朝早くのことだった。

END

あとがき

こんにちは。または初めまして。御堂なな子です。このたびは『いとしい背中』をお手に取っていただきまして、ありがとうございます。

今回のテーマはスーツ。ひとたび羽織れば七癖を隠し、男の魅力を倍増させる唯一無二の戦闘服、スーツです。担当様が「スーツの似合う背中を持つ男、紀藤を描いていただくことができて、里依先生に、私史上最もスーツと言えばやはり！」と推挙してくださった麻々原絵本当に本当に幸せです。麻々原先生、このたびはお忙しい中ありがとうございました！

今回は（も）寛大な担当様のおかげで、素直でちょっとおバカ路線の名生という主人公を書くことができました。とても楽しかったので、ぜひまたおバカな子を書かせてください。

それからYちゃん。いつも支えになってくれてありがとう。マイブームの「受けのためにやったことが裏目に出る不憫攻め」第一号はあなたに捧げます。

最後になりましたが、読者の皆様、この本をお目に留めてくださってありがとうございました！　皆様の癒しの一助になれたら大変光栄です。これからも何卒よろしくお願いいたします。

それでは、次の作品でまたお目にかかれることを祈っております。

御堂なな子

✦初出　いとしい背中……………書き下ろし
ちいさな休日……………書き下ろし

御堂なな子先生、麻々原絵里依先生へのお便り、本作品に関するご意見、ご感想などは
〒151-0051 東京都渋谷区千駄ヶ谷 4-9-7
幻冬舎コミックス　ルチル文庫「いとしい背中」係まで。

幻冬舎ルチル文庫

いとしい背中

2014年3月20日　第1刷発行

✦著者	御堂なな子　みどう ななこ
✦発行人	伊藤嘉彦
✦発行元	株式会社 幻冬舎コミックス 〒151-0051 東京都渋谷区千駄ヶ谷 4-9-7 電話 03(5411)6431［編集］
✦発売元	株式会社 幻冬舎 〒151-0051 東京都渋谷区千駄ヶ谷 4-9-7 電話 03(5411)6222［営業］ 振替 00120-8-767643
✦印刷・製本所	中央精版印刷株式会社

✦検印廃止

ISBN978-4-344-83098-1　C0193　Printed in Japan